戦乙女《ヴァルキリー》たちと築く
元・底辺村人の
最強ハーレム
～数万人の女に対し、男は俺一人～
The survivors of humanity are the valkyries, except me.
JN230423
エリザ・グノーシス
終末世界で《戦乙女》たちをまとめる、
リーダー的存在の獣人。
凛々しい武人であると同時に、
常人ばなれした性知識と性技術を有している
（処女）
わたしのことは名前で呼ぶことなく、
駄犬と呼んでくだされ

CONTENTS

The survivors of humanity are the valkyries, except me.

自らが未来へと踏み出すために。
皆の未来を、守るために。命を賭してお前を討つ
オズワルド・メーティス
《戦乙女》たちから"大賢者"として慕われる、
元・底辺村人。
《戦乙女》を性的に興奮させることで、
能力を向上させる特殊な魔力を身に宿している
《邪神》との因縁の戦い

とある《戦乙女》との邂逅

〜〜っ！　じ、じろじろ見ないでぇっ！
シャロン・エステリス
戦闘力の低下を余儀なくされた
第七世代の《戦乙女》。
敵の強襲により最愛の相棒を喪い、
自身の弱さに直面していたところ、
オズワルドと出会う

今回こそ、あんたを倒すッ……！
ソフィア・ノーデンス
オズワルドの幼馴染みにして、
人類初の《戦乙女》となった美少女エルフ。
"勇者"の異名を持っており、
類い稀な戦闘力と精神力を有している

戦乙女《ヴァルキリー》たちと築く元・底辺村人の最強ハーレム

～数万人の女に対し、男は俺一人～

下等妙人

ファンタジア文庫

3439

口絵・本文イラスト　水野早桜

戦乙女《ヴァルキリー》たちと築く
元・底辺村人の
最強ハーレム
～数万人の女に対し、男は俺一人～
The survivors of humanity are the valkyries, except me.

プロローグ

地下深くに建立《こんりゅう》された大神殿。その中心部にて。

多くの弟子達が見守る中、俺は祭壇の前へ立ち……腕に抱いた少女の名を呟《つぶや》いた。

「……ソフィア」

エルフ特有の白い美貌。閉じられた瞼《まぶた》。永遠に動かないであろうそれを、

「必ず、戻してみせる……！」

死者の蘇生《そせい》と新兵器の開発。そのために今、我々はこの場に立っているのだ。

俺は皆に目配せをすると、祭壇にソフィアの亡骸《なきがら》を乗せて、

「連れ戻すぞ。死神に囚《とら》われた魂を」

現代魔法の粋。廃れきった古代魔法の再現。それらを組み合わせた魔法学の集大成。

——再誕の儀式を、実行する。

弟子達と共に詠唱を始めたその瞬間、石造りの空間が淡く発光し始めた。

地下霊脈から膨大な魔力を抽出し、祭壇に寝かせたソフィアの亡骸へと注ぎ込む。

と、彼女の全身が煌《きら》めきに覆われ……純然たる魔力の塊へと変異した。

「ここまでは仮説通りだ……！　後はこの《神核》が期待通りに働きさえすれば……！」

掌《てのひら》に収まる程度の球体。黄金色に輝くそれへ魔力を注入し、自らの右手の指に嵌《は》められた指輪型魔導装置へと意識を集中する。

指輪が強い閃光《せんこう》を放つと同時に、《神核》が宙へと浮き上がった。

それが膨大な魔力の塊に引き寄せられ、両者が結合した瞬間――

凄《すさ》まじい衝撃波が俺達の全身を打った。

「ぐっ……！」

壁面に衝突し、苦悶《くもん》を吐きつつも、俺は状況を注視し続けた。

魔力の塊と《神核》の融合体はしばし不安定な様子を見せていたが、しかし、やがて落ち着き始め……そのシルエットを人のそれへと変えていく。

虚空《こくう》に浮き上がっていた煌めく人型は、やがて祭壇へと緩やかに落下し……

表面を覆っていた輝きが、光の粒子となって弾《はじ》けた。

「ソフィア……！」

壇上にて眠る幼馴染《おさななじ》みの姿に、俺だけでなく弟子達もまた、歓喜の声を上げた。

「勇者殿の肉体に、血色が……！」

そうだ。彼女はもう屍《しかばね》ではない。その肉体に生命を、取り戻したのだ。

そんなソフィアの状態を前にして、俺は昂揚感《こうようかん》を覚えずにはいられなかった……が、

「喜ばれるには早いかと」

弟子の一人が羊皮紙に記録を取りつつ、言葉を紡《つむ》いだ。

「最後の関門を突破せねば、苦労の全てが水泡に帰することとなりましょう」

「……あぁ、そうだな。その実験記録には、成功の二文字を刻まねばならない。ソフィアのためにも、そして、後の世のためにも」

気を引き締めながら、俺は彼女のもとへ歩み寄り、その姿を検《あらた》めた。

儀式の進行中に着せていた衣服が弾け飛んだため、今、ソフィアは裸体を晒《さら》している。

透き通るような白い肌と、くびれた腰。

呼吸に合わせて揺れ動く豊満な二つの丘。

さらには……引き締まった下腹部や、その先にある茂みまで。

「相変わらずエッロい体してますねぇ、勇者サマは」

隣で口笛を吹く弟子に溜息《ためいき》を吐《つ》きつつ、俺はソフィアの体に現れた変異に意識を向けた。

「血色が戻っただけでなく、聖痕が刻まれてもいる。これはつまり」

「勇者殿は伝承に聞く最強の戦士……《戦乙女《ヴァルキリー》》へと生まれ変わったということですな」

体の一部に見受けられる刺青めいた痣《あざ》。それは俺達が画策した新兵器の創造が成功した証《あかし》となっている。

だが、もう一つの狙いは、まだ。

「やはり事前に打ち立てた仮説通り、死者の蘇生には段階を踏む必要がある、か」

肉の器に魂を還《かえ》すだけでは不十分。

そこに刻まれた人格を復旧せねば、ソフィアは永遠に眠り続けることになるだろう。

「ようやっと芽生えた逆転の糸口も、このままでは水の泡となりましょうが、しかし」

「あぁ。そんなことにはならない。ソフィアの人格は必ず戻ってくる」

決然と放ったこちらの声に弟子達は首肯を返すと、

「では、我等《われら》はこれにて」

「邪魔になっちゃ悪いし、な」

皆一様に、どこか気まずそうな顔をしながら、去って行った。

一人、神殿の中に残される。

これから行うことは別に、皆の目があると出来ないというわけではないのだが……

しかしながら、彼等の存在は確実に、それをやりづらくさせるだろう。

「……これは愛する者を救うための崇高な儀式であり、人類の存亡にも関わる行為。よってやましいところなど微塵《みじん》もありはしない」
己に言い聞かせつつ、深呼吸し、覚悟を決めていく。
ソフィアを真に蘇生する方法。それは——

——肉体的な、交わりである。

魂に刻まれたソフィアの情報を復旧し、彼女の人格に肉体を支配させる。
そのためには肉の器を通して魂を刺激しなくてはならない。
方法論は二つ。
極めて強い痛みを与えるか、あるいは……それと同レベルの快感を与えるか。
相手方が特になんら関係性を持たない存在だったなら前者を選ぶことも出来た。
しかし家族も同然である幼馴染みが相手となると、後者を選ばざるを得ない。
「……すまないソフィア。蘇生が成った後、好きなだけ殴ってくれ」
寝入る彼女の純潔を、これから奪う。
まさに唾棄すべき所業だが、そうする以外に選択肢はない。
俺は無理やり自分を納得させ、懐《ふところ》から一つ、瓶を取り出した。

中を満たす桃色の液体は、極めて強力な媚薬《びやく》である。

ドロリとしたそれを自らの手に盛って、

「……やましい気持ちは、ない」

心を無にしながら、ソフィアの全身に媚薬を塗り込んでいく。

最初は首筋。そこから肩、鎖骨へと広げていき、最終的に両腕部まで塗布。

それから彼女の腕を摑《つか》んで、腋《わき》を露出させる。

しっとりと汗ばんだそこからは、女のフェロモンが溢《あふ》れ出《で》ていて。

「腋は第二の性器……そんなことを、弟子の一人が言ってたな」

当時はアホらしいと一蹴していたが、どうやら俺は間違っていたらしい。

腋は、エロい。ソフィアのそれは特に。

「……馬鹿なことを考えるな。冷静になれ」

一つ深呼吸し、心を落ち着かせ、腋に媚薬を淡々と塗っていく。

そして。

「ここからが本番、か」

触れてよいギリギリのラインを今、踏み越える。

鎖骨のさらに下。そこには豊かに育ったソフィアの乳房がある。

意図して触れたことなど一度すらないその膨らみに、俺は手を伸ばし――

もにゅんっ♥

掌に感触が伝わると同時に、全身を硬直させた。

「なんだ、これはッ……⁉」

柔軟性。客観的事実に基づけばそれだけで片が付く現象。

だが、この柔らかさは、そんな一言で表せるものではない。

「ッ……！」

熱が込み上げてくる。

それはまさに獣欲。極上の肢体を前にして、俺は心の暴走を感じ取っていた。

しかし、止めることは出来ない。

これは、そう。

「やらねばならない、ことだ……！」

俺は両手で、ソフィアの豊満な乳房を鷲摑《わしづか》んだ。

ぐみゅんっ♥

二つの掌から、二つの柔らかさが伝わってくる。

片手で触れたときと比較して、その快感は倍以上。

気付けば俺は、その心地よさに取り憑《つ》かれていた。
もにゅっ♥　もにゅっ♥　もにゅっ♥
思うがままにソフィアの両乳を揉《も》みしだき、柔らかな快感を享受する。
ぬりゅっ♥　ぬりゅっ♥　ぬりゅっ♥
塗りたくられた媚薬が淫《みだ》らな水音を響かせ、こちらの興奮を煽《あお》る。
彼女に刺激を与えるだけの行為として想定していたそれは、俺自身をも強く刺激し……
下腹部に熱が宿り始めた頃。
「んんっ……♥」
声。それは、俺の口から出たものじゃない。
乳揉みの手をピタリと止めて、俺はソフィアの顔へと目をやった。
……動いている。さっきまで微動だにしなかった、その唇が。
艶《あで》やかな呼気に合わせて、プルプルと、震えている。
「復旧、したのか……!?　ソフィアの人格が……!?」
目を大きく見開きながら、俺は彼女の両肩を摑《つか》んで、呼びかけた。
「ソフィアッ！」
名を叫んでからすぐ、彼女の瞼がゆっくりと開き始めた。

「おぉ……！」

成功だ。死者蘇生《そせい》は、成った。

当初は行き着くところまで完全に到達せねば、人格の復旧は不可能だと踏んでいたのだが……どうやらソフィアの感度は常人を遥《はる》かに上回るものだったらしい。

だからこそ、下準備の段階で終わらせることが出来たのだろう。

「よかった……！　本当に……！」

強い安堵《あんど》の情を噛《か》み締《し》めながら、俺はソフィアの銀髪を撫《な》でた。

今はしばし、余韻に浸っていたい。

と、そんなふうに思った、矢先のことだった。


「――また、この場所か」


第三者の声。

それを耳にした瞬間、全身に怖気《おぞけ》が走った。

「ッ……！　誰だッ⁉」

弾かれたようにそちらへ目をやり、誰何《すいか》する。

相手方は黒いモヤに覆われ、姿を正確に認識出来ない。

隠匿の魔法を施しているのか。

「……目的は、なんだ」

ソフィアを背にして油断なく身構える。

そんな俺に、奴《やつ》は。

「今より五年前。その時点においては何者でもなかった。そこらじゅうに居る、ただの村人。それが今や大賢者と呼ばれるようになった」

黒いモヤに覆われた人物は、こちらを……いや、正確には俺の背後にて寝そべるソフィアを指差し、

「彼女が勇者と称されることには、なんら文句はない。だがオズワルド・メーティス。お前が大賢者とは、とんだお笑いぐさだ」

挑発的な言葉だが、しかし。

なぜだろう。悪意を感じない。

「……なんなんだ、お前は」

問いかけに対し、奴は拳を握り固めて、一言。

「■■■■」

認識出来ない声。

それからすぐ、奴の全身にかかったモヤが晴れ――

「ッッ⁉」

奴の[redacted]。

「何度でも[redacted]やる」

奴は[redacted]――

奔流が放たれると同時に、その全身から[redacted]。

俺は[redacted]を睨《にら》み、叫んだ。

「なぜ[redacted]ッ⁉」

応答は[redacted]。

俺[redacted]して、[redacted]。

「――っ！」

いきなりの[redacted]対応が[redacted]。

そして。


目の前が、真っ暗になった。

第一話　底辺村人、『元』底辺村人となる

何かが欠けている。
最近、そんな感覚に悩まされていた。
その何かを見出《みいだ》せたなら、人生が変わるのではないかと、そう思えてならない。
あるいは……この感覚は現実から逃れるための、心理的な作用でしかないのだろうか。
「チッ……！　うろつくんじゃねぇよ、病原菌が……！」
村の中をただ歩くだけで蔑視され、ときには暴力を振るわれることもある。
俺の人生はまさに悪夢そのものだった。
「…………」
言い返そうとする気力も、もはやとうに失《う》せていた。
本日も苦痛に耐えながら、一日のノルマをこなす。
山へ入り、食卓に並べるための糧《かて》を得て、夕暮れまでに帰宅。
家には病に伏した母が居て、

「すまないね、私がこんなふうになったから」

食事の度に、母はずっと謝り続けてくる。

「……そんなことはないよ、母さん」

つらかった。自分の言葉に、嘘《うそ》偽りの念が入り込んでいることが、本当につらかった。

「私なんて、早く死んでしまえばいいのに……そうすればきっと、お前も……」

「……馬鹿なことを言うなよ」

言いつつ粗末な夕餉《ゆうげ》を掻《か》き込んで、食事を早急に終わらせる。

こうしてまた一日が終わった。

夜の訪れと共にベッドへ入る。

しばらくすると、今宵《こよい》も遠くから母のすすり泣く声が聞こえてきた。

もう慰めに行く気概もない。硬いベッドの上に寝そべりながら、瞼《まぶた》を閉じて、思う。

何かが欠けている。俺の人生には、決定的な、何かが。

それはなんだ？　いや、そもそも――

――俺はどうして、この村に居るんだ？

唐突に芽生えた違和感。それが急速に強まっていく。
おかしい。何か、変だ。
欠けている。
——彼女の存在が、欠けている。
閉じていた瞼を開く、と——その直後、自らの意識がどこかへ引っ張られていく。
目を見開いたまま眠りに就こうとしているのか。
そんな現実を奇妙に感じた、そのとき。
「……きて」
何者かの声が耳に入った、次の瞬間。

「起きてっ！」

沈んでいた意識が急浮上する。
それとまったく同じタイミングで……目前に広がっていた光景が、激変。
……なんだこれは。
さっきまで我が家に居て、木造の天井を見つめていた、はずなのに。

今、目の前にあるのは、石造りの天井だ。

そこに加えて、着ている服も全然違う。

身に纏《まと》うそれが麻布で出来たボロ服から、かなり小綺麗《こぎれい》な衣服に変わっている。

……わけがわからない。

横合いからいきなり殴られたような気分になりながら、眉根を寄せていると——

「せ、成功、した……!?」

すぐ近くから可憐《かれん》な声が飛んで来た。

寝転がった状態から半身を起こしつつ、そちらへと目を向け、相手を確認。

少女である。とてつもない美少女である。

もっと言えば……めちゃくちゃエロい格好をした美少女である。

長くサラサラとした艶やかな銀髪と、エルフ族特有の尖《とが》った耳。

その美貌にはあどけなさを感じるが、そうした印象に反して体の発育具合は凄《すさ》まじく、男の目を虜《とりこ》にするような魔性を宿していた。

柔らかそうな乳房はビッグサイズでありながらも垂れてはおらず、実に形が良《い》い。

むっちりとした太股《ふともも》は薄暗い石室の只中《ただなか》にあってなお、真っ白な煌《きら》めきを放っている。

世の男子にとっては凶器以外の何物でもないそれらを、彼女は大胆に露出していた。

これはもう服というより、紐《ひも》と薄布の塊と呼ぶべきではなかろうか。
隠すべき部分が丸見えだ。桃色の膨らみだけでなく、恥丘の茂みさえうっすらと。
……これは淫夢か何かだろうか。
目が覚めたらそこには自分好みな爆乳ドスケベエルフが居た。
……うん。きっと夢に違いない。
であれば彼女の胸を揉《も》みしだいたところで罪に問われることは――
「オズっ！」
さらさらとした銀髪を揺らめかせながら、エルフの美少女が飛びついてくる。
柔らかく、そして、温かい。
主におっぱいが。俺の胸板に押し当てられた、爆乳が。
「ううっ……！　よかった……！　やっと……！　やっと、あんたを……！」
なんか感動の再会、みたいな言動をしている。
そこに対する怪訝《かいが》は、しかし、爆乳の躍動によって掻き消された。
ぐにゅり。むにゅり。たぷん、たぷん。
彼女が声を発する度に上半身が揺れ動き、押し当てられたおっぱいが形を変えていく。
おぉう……。この感触、この光景、体の一部が反応して然《しか》るべき刺激、なのだが。

なぜだろう。扇情的な状況であるにもかかわらず、そのような感覚が薄かった。
彼女の体に刻まれている刺青めいたモノが威圧感を放っているからか？
……いや、違う。性的興奮以外の何かが、スケベ心を上回っているのだ。
それを言葉にするなら……郷愁の情としか、言いようがない。
……おっぱいの柔らかさに懐《なつ》かしさを覚えるってどういうことだ？　頭が狂ったのか？
心の内側に生じた違和感に首を傾《かし》げた、その瞬間。
凄まじい破壊音が轟《とどろ》いた。
不意打ちに対し、俺はびくりと全身を震わせたが、少女は微塵《みじん》も反応せず、
「……目覚めて早々、悪いんだけど、力を貸してちょうだい」
おっぱい、もとい、少女が我が身から離れていく。
「あんたさえ居れば、もう勝ったも同然よ！」
言うや否《いな》や、彼女は俺の腕を摑《つか》んで、地面を蹴った。
引っ張られる形で建物の中を走る中、耳に届く破壊音が段々と大きくなっていく。
そこへ次第に、人の叫び声と思《おぼ》しきものが混ざり始めた頃。
俺達は外へ出た。
瞬間、夕焼けを背景に佇《たたず》む、巨大な建築物の様相が目に飛び込んでくる。

それらはきっと、平時であれば美しい街並として映っていたのだろう。

だが……これはどう見ても、平時とは言い難《がた》い。

「こ、のぉおおおおおおッ！」

「増援が来るまで持ちこたえろッ！」

飛び交う怒号と轟音《ごうおん》。巻き起こる破壊の連鎖。まさに戦場の光景そのものであった。

しかし、この場で展開されているのは、人間同士の争いではない。

怪物である。

鋼で構成された昆虫、あるいは獣といった怪物達が、金切り音に似た叫びを放ちながら暴れ回っていた。

そんな様相だけでも異常極まりないというのに。

それを相手取っている者達の姿が、現場の非現実性を高めていた。

幼女。少女。成女。

年齢を問わず、誰もが肌を大胆に露出させた格好をしている。

急所を申しわけ程度に覆った、鎧《よろい》のような何か。

あるいは、防御力を放棄したかのような、羽衣めいた装束。

そうして各々《おのおの》、武器を振るってはおっぱいを揺らし、地面を蹴っては尻を揺らし……

「なんだ、これは」

あまりにも現実味がない光景に、呆然《ぼうぜん》と口を開く。そんな俺の隣で、

「とりあえず近場から片付けるわよっ！」

エルフの少女が、何やら期待感に満ちた目を向けてきた。

俺にどうしろと？

そんな視線を返した直後――一際《ひときわ》激しい音の奔流が、鼓膜を破らんばかりに刺激する。

「っ！　どうやら、大物が来たようね……！」

少女と同じ方向へ目を向ける。

そこには背の高い建物を破壊しながら進む、巨大なバケモノの姿があった。

まるで金属製のムカデといった外見のそいつが、長大な体で破壊の連鎖を巻き起こしながら、こちらへとやって来る。

「……夢だ。絶対に夢だ。こんなの」

額に浮かんだ汗が頬を伝って、地面へと落ちた、そのとき。

「ハッッ！」

夕焼け空を背景に一人の女性が金属ムカデへと落下。そして、手にした紅《あか》い槍《やり》を繰り出すのだが――激しい衝突音が鳴り響くと同時に、槍の穂先が弾《はじ》かれた。

そのまま彼女は地面へと落下し、綺麗《きれい》な受け身を見せた後。

「むっ……！」

少し離れた場所から、こちらへと視線を向けてくる。

あの獣めいた耳からして、獣人族か。

年齢は俺よりも上だろう。大人の色気がムンムンと立ちこめている。

褐色肌に浮かぶ玉のような汗。

長身で筋肉質な体は、一見すると女性的な魅力からは懸け離れているように感じられるが……しかし、むっちりとした太股《ふともも》と銀髪エルフに負けず劣らずな巨乳が組み合わさることで肉感の強さが強調され、抜群のエロスを醸《かも》し出《だ》している。

「ソフィア！」

銀髪エルフへと目を向けつつ、褐色のエロ獣人が駆け寄ってくる。

揺れ動く巨乳。さらりと靡《なび》く赤髪。

美とスケベの結晶がどんどん近付いてくる様は、興奮を禁じ得ないものだった。

……それにしても。ソフィアという名を耳にした瞬間、なぜか奇妙な感情が芽生えた。

どうにも、変だな。まるで大事なことを忘れているような。

「無事だったか！」

「と～ぜんでしょっ！　あたしを誰だと思ってんのよ！」

得意満面に笑ってデッカい胸を張る銀髪エルフ、改め、ソフィア。

どたぷんっ、て擬音が聞こえてきそうだ。

「と、ところで。そちらの殿方は……！」

「ふっふん！　そうよ！　見ての通り、大成功ってわけ！」

「おぉ！　でかしたぞ、ソフィア！」

赤髪の褐色獣人がピンッと獣耳を立たせて、喜びを表現する。

その直後のことだった。

「GYAAAAAAAAAAAA！」

咆吼《ほうこう》。

長大な体躯《たいく》を我々の目前で停止させ、こちらを睥睨《へいげい》する金属のムカデ。

あまりのド迫力に俺が肝を冷やす一方で、傍《そば》に立つ二人はというと、

「こいつが指揮系統のトップかしら？」

「うむ。そう考えて間違いなかろう」

実に落ち着いた様子で、言葉を交わしていた。

「こいつをやっつければ万事解決ね」

「そうなる、が……簡単なことではないぞ。我がアグニでさえ奴《やつ》の装甲は貫通し難《がた》い」

「ふふんっ！　だ～いじょ～ぶよっ！　だってあたし達にはオズが居るんだものっ！」

いや、そんな期待に満ちた目で見られても困るんだけど。というか、オズって――

「あたし達が前に出て隙を作る！　そこを突いて攻撃なさい！」

「大賢者殿のお手並み、拝見させていただきます……！」

は？　大賢者？

「行くわよ、エリザっ！」

「応ッ！」

こちらの反応を待つことなく、二人が地面を蹴った。

疾走する両者に対し金属ムカデは長い体を蠢《うごめ》かせ、顎門《アギト》で彼女等《かのじょら》を噛《か》み千切らんと迫る。

巨体に不似合いな超スピード。俺は二人が危ういと、そのように予感したのだが……

「はんっ！　見た目通りのウスノロねっ！」

余裕の笑みを浮かべながら、ソフィアが動作を加速させる。

赤髪の褐色獣人、エリザと呼ばれていた彼女のスピードもまた、段違いの速度へと上昇。

「ただ硬いだけと侮《あなど》るな。どんな隠し球を持っているやらわからん」

油断のない言動を体現するエリザ。

それに負けじとソフィアもいつの間にか闇色の盾と長剣を手にして、敵方に対抗する。

……二人の動きが速すぎて、何がどうなっているのか、わからなくなってきた。

「よしッ！　体勢が崩れたぞッ！」

「オズっ！」

えっ、何？　なんでそんな目で見るの？　ただの村人に、どうしろと――

「GRUAAAAAAAAAAAAAAAAッ！」

絶叫の直後、金属ムカデの巨体が波打つように蠢いて。

「っ！　危ないっ！」

ソフィアがこちらへ向かうと同時に、ムカデの全身から無数の棘《とげ》が射出された。

動けない。鋭い先端は既に目前にある。これは、もう。

死の恐怖と確信が心中を満たした、そのとき。

目に映る全てが、一つの要素によって埋め尽くされた。

ソフィアの爆乳である。

地面を蹴って飛び付いてきた彼女のそれが、視界を覆った次の瞬間。

もにゅんっ♥

顔全体が柔らかな感触に包み込まれ、そして、勢いよく押し倒される。

地面に後頭部を打ったが、そんな痛みは顔面から伝わる乳房の感触と、甘酸《あまず》っぱい匂いによって掻《か》き消《け》された。

すごい。女体とは、こんなにも――

「うっ……！」

耳に届いた小さな苦悶《くもん》が、俺の心に緊張をもたらした。

なぜか強い焦燥を感じながら、ソフィアを押しのけ、彼女の状態を確認する。

傷付いていた。

彼女は頑強な盾で以《もっ》て棘の大半を防いだものの……無傷ではない。捌《さば》ききれなかった棘が股《もも》や肩の一部を斬り裂き、そこから紅い雫《しずく》が零《こぼ》れている。

そんな姿を目にした瞬間。

――灼熱《しゃくねつ》の感情が、心の内側を、灼《や》き始めた。

なぜかは、わからない。

見知らぬ少女が俺を庇《かば》って傷付いた。

そこに負い目や不甲斐《ふがい》なさを感じるのは、自然なことだろう。

だが今、俺の心を埋める感情は、それだけのことではなかった。

「……よくも」

この感情は、そう。

大切なものを傷付けられたことへの、激しい憤怒《ふんぬ》。

「よくも、やってくれたな……！」

ドス黒い情念が渦を巻き、その強さを増していく。

そんな精神状態に呼応するかの如《ごと》く、脳内にて情報が浮かび上がってきた。

魔法。その扱い方が、自らの頭脳に刻み込まれた、次の瞬間。

「GYGAAAAAAAAAAAAAAAAAッ！」

迫り来る。

金属のムカデが、長大な体を蠢かせ、こちらを食い千切らんと顎門《アギト》を開きながら。

しかし、そうした光景を俺は、ちっとも恐ろしいとは思わなかった。

倒せる。

そんな確信だけを胸に抱きながら――

「塵《ちり》一つ、残しはしない！」

感情の発露と同時に、右手の指に嵌《は》められていた指輪が強い光を放つ。

そして――我が心の具現たる灼熱が、次の瞬間、金属ムカデを呑《の》み込んだ。

「GYAAAAAAAAAAAAAAAA！」

業火《ごうか》は金属の体を瞬く間《またたくま》に融点へと導き、長大な体躯をドロドロに溶かしていく。

やがてムカデの怪物は沈黙し……原形を失った。

「…………」

敵方が消え失せた《きえうせた》結果、怒りもまた沈静化し、後には困惑だけが残った。

唖然《あぜん》と口を開くことしか出来ない俺に対し、目前のソフィアが振り向いて、

「ふふん！　あれぐらい、あんたにとっちゃアリンコ同然ねっ！」

どこか誇らしげな表情。しかし次の瞬間、彼女はそこに怪訝《かいが》を浮かべながら、

「でも、変ね。いつものあんたなら、もっとド派手な魔法でやっつけるところなのに」

首を傾げる《かしげる》ソフィアに対し、エリザが口を開いた。

「調子がよろしくないのは当然のことだろう。復活したてだからな」

しかし、と言葉を繋ぎ《つなぎ》つつ、エリザはこちらに熱の入った視線を向けてきた。

「万全でなくとも、あの威力！　さすがは大賢者殿！　常々貴殿のことを想《おも》っておりましたが、わたし如きの想像など遥か《はるか》に超えておられた！　この感激、言葉になりませぬ！」

尻尾をぶんぶん振りながら、興奮した様子でこちらへと歩み寄り……両手を取ってくる。

ち、近い……！　エリザの美貌が、褐色のエロボディーが、すぐ傍に……！

「なぁ〜にデレデレしてんのよっ！　あ、あああ、あたしというものが、ありながら

っ！」

割って入ろうとするソフィアだが、エリザは頑としてこちらの手を離さず、

「大賢者殿は皆の救世主だ。独占してよい道理などない」

「はぁ〜っ⁉」

ギャースカと言い合いを始めた二人に、俺は。

「あ、あのう。ちょっと、いいかな？」

こちらに目を向けてきた彼女等に、問い尋ねた。

「大賢者って、どういうこと？　俺、ただの村人なんだけど……」

きょとんとした顔をするソフィアとエリザ。

前者は首を傾げたままだったが、後者はやがて眉間に皺《しわ》を寄せつつ、

「…………貴殿の名は？」

このように、問い返してきた。

名前。

そんなの。

……あれ？

おかしい、な。

自分の名前なんか、言えて当然なのに。
出て、こない。
名前が、全然、出てこない。
「俺は…………誰だ？」
強烈な困惑が言葉となって口から漏れ出る。
言いしれぬ恐怖。
それを感じているのは、俺だけじゃなかった。
ソフィアやエリザもまた、一言も発することなく。
俺達は沈黙したまま、突っ立っていることしか出来なかった――

第二話　元・底辺村人、美少女達と同棲を始める

人類にとってそれは、あまりにも突然の出来事だった。

天空に浮かぶ第七大陸が一瞬にして崩壊し、その残骸が地上へと降り注ぐ中。

奴等《やつら》はまるで神話に描かれた神々の如く降臨し——殺戮《さつりく》を、開始した。

《邪神》とその《眷属《けんぞく》》。そう呼ばるることとなった彼等《かれら》は、瞬く間に人間の軍勢を蹴散らし、地上世界における支配圏を拡大。

絶望の只中《ただなか》に生じた一筋の光明はしかし、謎めいた消失を迎え————人類は滅んだ。

残されたのは、複数体の《邪神》達と、その《眷属》。

そして、人為的に戦闘兵器へと変えられた女性……《戦乙女《ヴァルキリー》》。

彼女等はこの世界を奪還し、人類の復興を夢見て、今日もどこかで命を散らしていく。

…………といった話をした後、エリザはこちらの顔を見つめつつ、呟《つぶや》いた。

「釈然としない。そんな表情をしておられますな」

対面のソファーに腰掛け、足組みするエリザ。

むっちりとした太股《ふともも》が醸《かも》し出《だ》す色気にドギマギしつつ、俺は小さく頷《うなず》いた。

……金属ムカデを仕留めた後。

暴れ回っていた怪物達が動作を停止したことで、戦いは終幕を迎えた。

それから俺はエリザ、ソフィアに連れられて、この中央基地へと足を運び……今に至る。

「《邪神》……《眷属》……何もかも、知らないことばかりだ……」

「ふむ。では現在、覚えていることは？」

「俺はアルミア村の、村人で……病気の母親と、ずっと二人で、暮らしてきた……」

「それだけ、ですか？」

「あぁ……」

「……封印による悪影響はあまりにも甚大《じんだい》だな。親の仇《かたき》さえ忘れてしまうとは」

「親の、仇？」

「ええ。《眷属》共の襲撃に遭ったことで、村人達は皆殺しにされたと聞かされております。貴殿とソフィア、二名を除いての話、ですが」

母さんが、殺され、た……？

「全ては現実だ。受け入れるほかにない。貴殿も、そして、我々も」

くたっとなる獣耳。その下にある苦い顔から溜息《ためいき》が零れる。

そうしてからエリザはソフィアへと目をやった。

しかし彼女はなんの反応も返すことなく、こちらをジッと睨《にら》みながら、

「ねぇ、オズ。あたしのこと、本当に忘れちゃったの？」

……俺はオズワルド・メーティスという名を持ち、ソフィアからはオズの愛称で呼ばれていた。彼女とは幼馴染《おさななじ》みで、家族も同然の関係だったと聞いたが……

そんな情報と自らの人格が、まったく結び付かなかった。

「ごめん。何も、覚えてない」

「っ……！」

目尻に涙を浮かばせながら、再び沈黙するソフィア。

彼女と入れ替わるような形で、エリザが口を開いた。

「とにかく情報の共有を続行しよう。何かの拍子で記憶の一部が戻るやもしれん」

その後、彼女から数多くの説明を受けた。

中でも半数を占めたのが、俺とソフィアに関する情報で。

「勇者と大賢者。かつて貴殿等はそのように呼ばれ、敗北の危機に瀕《ひん》した人類の救世主と

して知られていた。貴殿等は破竹の勢いで《眷属》共を掃討し、人類の支配圏を取り戻していったのだが……ある《邪神》との一戦で不覚を取り、ソフィアが命を落とした」

この説明を耳にした瞬間、苦虫を噛《か》みつぶしたような不快感が胸の内に生じた。

何かを思い出しそうになるが……すんでのところで霧散する。

「貴殿は死したソフィアを腕に抱き、地下神殿に足を運んだ。ソフィアを蘇《よみがえ》らせるために。そう、最初の《戦乙女《ヴァルキリー》》として」

他人事《ひとごと》のようには思えなかったが……しかし、自分のことだと実感するようなこともなく、俺は粛然とエリザの言葉に耳を傾け続けた。

「そこから先のことは……実のところ、わかっていないことがあまりにも多い。何者かの襲撃に遭い、貴殿は封印された。判明しているのはそれだけだ。襲撃者が誰なのか、いかなる手段で以《もっ》て貴殿を封印したのか。何もかもが判然とはしていない」

言いつつ、ソフィアへと目をやる。

その視線を受けて、彼女はバツが悪そうな顔をしながら俯《うつむ》き、

「あたしは何も、見てない。意識を失ってて……目が覚めたら、オズが石に……」

当時の悔恨を思い出したのか、ソフィアは両拳を握り締め、歯噛《はが》みする。

「その後、救世主の片割れを失った人類は徐々に押され始め……残ったのは貴殿が創出し

た技術をもとに大量生産された、不完全な《戦乙女《ヴァルキリー》》のみ。生き延びた人類は貴殿だけだ」

　伏せられた瞳に宿る憤懣《ふんまん》を、やはり俺は他人事として捉えることが出来なかった。

　むしろ……罪悪感めいたものを噛み締めている。

　そうした感情を察したのか、エリザは少しだけ微笑《ほほえ》んで、

「何もかもを忘れてなお、使命感だけは残っていたようだな。やはり貴殿は救世主と呼ばるるに相応《ふさわ》しい御仁だ」

　こちらに向けられた眼差《まなざ》しに熱が帯びる。

　そうした真《ま》っ直《す》ぐな好意を向けられるのは、不慣れなもので。

「別に、俺はそんなんじゃ、ないよ」

「ふふ。ご謙遜を」

　エリザは「くすり」と笑ってから腕を組み、

「ひとまずは貴殿の記憶を取り戻すための方法を探るとしよう。それが現状の最優先事項だ。何せ貴殿の記憶には貴重な情報があまりにも多すぎる」

　エリザ曰《いわ》く、大賢者だった頃の俺は最強の魔導士であると同時に最高の発明家でもあったとか。ゆえに当時の記憶を取り戻したなら、発明品の数々で以て《戦乙女《ヴァルキリー》》全体の戦力

が大きく底上げされるのではないかと、彼女はそのように予想しているらしい。

「中でも取り分け気になっているのが……貴殿を覚醒させるための鍵だ」

「覚醒？」

「うむ。貴殿が残した日誌に記されていた内容だが……どうやら貴殿は自らの内側になんらかの力を宿したらしい。それを覚醒させたなら、戦争を終結に導くことが可能になるという。……何か心当たりは？」

「……ごめん。何も覚えてない」

エリザは特に気にしたふうもなく、ただ「そうか」と呟いて頷くと、

「本日はもう遅い。貴殿も現状を整理する時間が欲しいだろう。よって面談はここまでとする。貴殿には今後、宿舎で寝泊まりしていただくことになるが、よろしいか？」

拒否する理由もないので、首肯を返した。

「うむ。では続いて、世話役を決めたいのだが」

「世話役？」

「左様。封印による悪影響は身体機能にも及んでいるやもしれん。それを思えば、身の回りの世話をする者をしばらく付けた方が良《い》いと判断したのだが……不要だろうか？」

「いや。合理的な判断だと思う」

問題は、誰が世話役になるか、だが。

「わたしが、と言いたいところではある。何せわたしにとって貴殿は幼い頃から憧れ続けた大英雄の一人だ。その世話が出来るなど身に余る栄誉。朝から晩まで一日中、この身の全てを尽くして奉仕したいと思っている」

エリザの、奉仕。体の全てを、尽くして。

……妄想が膨らむような台詞《せりふ》だ。

性欲を掻《か》き立《た》てる褐色の肌。むっちむちな太股。張りの良い巨乳。

こんな完璧エロボディーな美女に奉仕してもらえるだなんて、なんと幸せな――

「しかし大変遺憾なことに、わたしはこの拠点の長。日々業務に忙殺される身であるがゆえ、貴殿の世話役を遂行するような時間的余裕はない。……残念だ。実に実に、残念だ」

盛大な溜息を吐《つ》くと、エリザは視線の向け先をソフィアへ変えた。

「となるともはや、オズ殿の世話役になるべきはお前しか居ないだろう」

この言葉を受けて、ソフィアは表情を硬くする。

今、彼女の中でどんな想《おも》いが渦巻いているのか、見当も付かない。

……俺には自覚のないことだが、ソフィアとは強い絆《きずな》で結ばれた関係だった、らしい。

そんな相手が自分のことを忘れているというのは、彼女にとってどれほどの苦痛なのだろう。ともすれば、相手の顔を見たくないと、そのように考えてもおかしくはないが。

「……やる。あたしが、オズの面倒、全部見る」

決然とした表情と言葉に、俺は不自然なほどの喜びを覚えていた。

無意識の領域に彼女への特別な情が刻まれているのだろうか。

「……ついてきなさい。基地の中、案内したげる」

歩き出したソフィアに付き従う形で、俺は部屋を後にした。


「あんたが入っちゃいけないような場所はないから、自由に歩き回っていいと思う」

「あ、あぁ」

ソフィアと共に基地の中を歩く。彼女が先導し、俺が後ろを行く形だ。

「あそこは食堂で、そこから前に進むと大浴場が――」

色々と説明をしてくれるソフィアだったが、その半分も頭の中に入ってこない。

なぜならば。目前にて揺れ動くソフィアの尻が、あまりにもエロかったから。

《戦乙女《ヴァルキリー》》が纏《まと》う装束はあまりにも露出度が高い。それは彼女とて例外ではなかった。

ほとんど下着丸出しである。それも布面積が非常に小さいため、何も隠せてはいない。

「そこの階段は地下室に繋《つな》がってるんだけど――」

ソフィアの歩調に合わせて、尻たぶが「むちっ♥　むちっ♥」といやらしく揺れ動く。

そんな様に目を奪われていると、

「ねぇ！　あんた、さっきからあたしの話、聞いてないでしょ！」

ついにバレてしまった。

「え、えっと、その……き、君に、見とれていたというか」

「は、はぁっ⁉」

白い美貌に芽生えていた怒気が、一瞬にして羞恥へと変わった。

「ど、どうせ、お尻ばっか見てたんでしょっ！　あんた昔っからむっつりだったもんね！」

図星だったため、何も反論が出来ない。

「ご、ごめん。これからは極力、別の場所を見るようにするよ」

言いつつ、ソフィアから目を背けるのだが……

どこへ視線を移そうとも、そこにはエロスが広がっていた。

歩き回る者全員が美しい女性。それも皆、例外なくドスケベな衣装を身に纏っていて、なぜだかこちらに熱っぽい視線を送ってくる。

……皆にとっての俺は清廉潔白な大賢者であり、偉大な救世主なのかもしれないが、俺自身は自らをそのように捉えてはいない。

ただの村人。それも年頃の男子である。こんな環境でドギマギしないわけがない。

「～～っ！　み、皆のことまで、いやらしい目で見てんじゃないわよっ！」

激怒するソフィア。

悪いと思いつつも、道行く美少女《戦乙女《ヴァルキリー》》の露出した尻に目をやってしまう俺。

彼女はそんなこちらの頰を両手で摑《つか》むと、無理矢理に注目を奪い、

「あたし達の格好はね、ご～り的な判断をした結果なのっ！　《戦乙女《ヴァルキリー》》は人間よりも遥《はる》かに頑丈で、防具を装着する必要がない！　だから極限まで機動性を重視した結果、こういう格好をするようになったのっ！　別にあんたを誘惑するためじゃないんだからっ！　エッチな目で見るのは、その……あ、あああ、あたしだけにしなさいっ！」

「えっ。そ、そういう目で見ても、いいの？」

「い、いいい、いいわけないでしょっ！」

「さっきの発言と矛盾してるんだけど」

「うううう……！　み、見たきゃ好きにすればいいじゃないのっ！　どうせダメって言っても見るんでしょっ！　このむっつりスケべっ！」

顔を真っ赤にして怒るソフィア。叫ぶ度にブルンブルンと爆乳が揺れる。

今のところソフィアとエリザのツートップだな。この二人がダントツにエロい。

「と、とにかくっ！　ご飯食べにいくわよっ！　お腹空《なか》いてるでしょっ⁉」

彼女はぷりぷりしながらも、こちらの手を握って、再び歩き出す。

掌《てのひら》に伝わる柔らかな感触。細くて、小さくて、温かい、ソフィアの手。

「むっ。な、なにニヤついてんのよ」

「いや。君と手を繋いでいると、なんだか勝手に」

「ふ、ふ〜ん。あたしと手ぇ繋ぐと、そうなるんだ。ふぅ〜〜〜ん」

本人としては「別にどうでもいいですけど？」みたいなふうを装《よそお》いたいのだろうが。

めっちゃくちゃ頬が緩んでいる。嬉《うれ》しくてたまらないといった顔をしている。

なんだこの可愛《かわい》い生き物は。

俺はしばし、彼女のことだけを見つめ続けた。

スケベ衣装を着た他の《戦乙女《ヴァルキリー》》達への興味は――

まぁ、捨てきれなかったので、結局ソフィアに頬をつねられた。痛い。


――食事を終えた後のこと。

ソフィアがこちらをジッと見つめながら、こんなことを言い出した。

「さっきから気になってたんだけど……あんた、やっぱりお風呂《ふろ》入った方がいいわ」

「えっ。お、俺、そんなにも臭い、かな？」

「あんたの認識としては朝に目が覚めた感じ、なのかもしれないけど、実際は数百年眠ってたようなもんだから、ね」

直接的な表現を使わないあたり、この子は気遣いが出来る人なのだろう。

「この時間帯は誰も浴場使ってないから、ちゃちゃっと入ってきなさいよ」

そういうわけで浴場に移動。

まず更衣室にて衣服を脱いでから、風呂場へ繋がるドアを――

開いた瞬間、俺は目を見開いた。

この時間帯は誰も使ってない。そう言っていたが、実際には。

「えっ」

先客が居た。

黒髪のショートヘアと愛くるしい顔立ちが特徴の、女の子。

平時に出くわしたとしても、ドキリとするほど可憐《かれん》な容姿の持ち主である。

そんな彼女は今、現場に見合った姿を晒《さら》していた。

即《すなわ》ち、全裸である。

「「…………」」

現実を受け止め切れていない。

それは相手方も同じだったようで、俺達はしばし無言のまま見つめ合い、そして。

まったく同じタイミングで、視線を下へとズラした。

——生えてない。

そんな感想が脳内に浮かんだ瞬間、俺は慌てて目を逸《そ》らす。

その一方、相手方はというと、

「あわ、あわわわわわわ……」

こちらの分身を目にすると共に、現実を受け入れたらしい。可憐な顔が真っ赤に染まった瞬間、彼女のスレンダーな体に刻まれた、刺青めいた刻印が淡く発光する。

なぜだろう。

全裸の美少女に対する肉欲よりも、刻印が輝く様に対する興味の方が、強かった。

「～～っ！　じ、じろじろ見ないでぇっ！」

涙声で叫ぶと、彼女は大事なところを隠しながら走り出し、こちらの横を——

通り過ぎようとした、そのとき。

「ひゃんっ⁉」

小さな悲鳴が耳に届いた頃には、何もかもが手遅れだった。

きっと彼女は足を滑らせたのだろう。となればもちろん、転ぶまいとして、なんらかの行動を取る。それは今回、近くに居た存在、つまり俺へと寄りかかるというもので。

相手方が一般的な少女だったなら、その体を支えて終わりだったのではないかと思う。

だが彼女は《戦乙女《ヴァルキリー》》である。その力は人間離れしたもので、それゆえに。

「うぁっ⁉」

転んだ。俺は、彼女と共に、地面へと倒れ込んでいった。

……それだけならまだ、よかったのだが。

いったいぜんたい、何がどうなって、このような形になってしまったのか。

世界の法則がもたらす摩訶不思議《まかふしぎ》によって、俺達は互いに大事なところを見せ合うような形で、地面に転がるハメになった。

「「〜〜〜〜っ⁉」」

さすがにこれはダメだ。彼女の名誉と尊厳を踏みにじるわけにはいかない。

俺は一瞬にして目を逸らし、彼女のそれが視界に入った時間を最小限に留《とど》めた。

が、しかし。

オスの本能を刺激するモノがすぐ近くにあるというのは、厳然たる事実であるがゆえに。

「っ……！」

肉体が、勝手に反応し始めた。

具体的には……子孫を残すための準備。

どうやら相手方はそれをまざまざと目撃したらしく。

「えっ……こ、これ、って……」

きっと彼女は目をまん丸に見開いているのだろう。

それから数秒後。こちらの準備が完了してからすぐ。

「きぃやぁあああああああああああああああああっ！」

絶叫と共に、地面を転がるようにして、走り去って行った。

「…………」

しばし無言のまま彼女の幻影を追う。

だがやがて、ふと我に返り、

「…………とりあえず、風呂に入るか」

どうやらさっきの女の子だけが例外だったようで、俺が出るまで誰も浴場に入ってくることはなかった。

それから手早く入浴を済ませ、浴場の入口前に立っていたソフィアと合流。

すると彼女はジロリとこちらを睨《にら》んで、

「……あたし、ずっとここに立ってたんだけどさ」

「えっ？　あ、うん」

「……あの子に変なこと、してないでしょうね？」

俺は慌てて首を横へ振り、必死に弁明した。

「まぁ、いいわ。あんたは誠実な男だから。信じてあげる」

どうやら納得してくれたらしい。

それから俺はソフィアの案内を受け、あてがわれた自室へと入った。

こちらの認識としては起きたばかりといった調子だが、時刻は夜更《よふ》けに近いため、目を覚まして早々、俺は床に就くことになった。

……それはまぁ、いいんだけど。

「あの、ソフィア、さん？」

「呼び捨てにしなさい」

「じゃあ、ソフィア」

「なに？」

「……もう部屋まで案内してもらったわけだし、そろそろ」

寝たいんだけど、君、いつまでそこに立ってるの？

といった質問を遠回しにしてみたところ、彼女はむすっとした顔をして、「むぅ……」と、口をもごつかせたかと思えば、うろうろと左右に歩き、それから唸《うな》り声を上げ続けた末に、再びこちらを見て一言。

「…………本当に、あたしのこと、覚えてないの？」

大きな瞳に不安が宿る。そんな姿を見ていると、なんだかこちらも切ない気持ちになるのだが……しかし、俺はこのように返すしかなかった。

「ごめん。何も覚えてない。今の俺にとって君は、初対面の女の子だ」

「……そう」

切なげに目を細めるソフィア、だが。

あどけない美貌が悲愴《ひそう》に染まることはなく、むしろ彼女は毅然《きぜん》とした顔で断言した。

「思い出させてあげる。絶対に」

強い決意を感じさせる言葉。

それから彼女はツカツカとこちらへ歩み寄り――ギュッと、抱きついてきた。

――むにゅり。

柔らかな感触が伝わってくる。

前回はこちらの胸板に押し当てられた巨乳、だが、今は互いに立った状態である。

俺とソフィアには結構な身長差があって、それゆえに……

彼女の豊満な爆乳は今、下腹部に近いところで形を変えていた。

も、もう少し下にズレたなら……！　俺のアレにおっぱいが……！

「な、なな、なに、を、してるの、ソフィア？」

彼女は上目遣いでこちらを見つめながら、頬を真っ赤に染め上げて、

「あ、ああ、あんた、あたしにこうされるの、好き、でしょ⁉」

それから彼女はこちらの背中へ回した腕へ、一際《ひときわ》強い力を込めた。

すると必然、押し潰されたおっぱいの感触がより一層、強く伝わってくる。

「こ、ここ、子供の頃は、何かにつけてハグ、求めてたわよねっ⁉　あ、ああ、あたしとくっ付くのが、どうしてそんな、好きかは、知んないけどっ！」

それはね、とても気持ちがいいからですよ、ソフィアさん。

ていうかソフィアさん、ジッとしててくれませんか。

そんなふうに体を揺さぶってたら……

ぐにゅん。むにゅん。にゅっ、にゅっ。にちゅ〜〜〜。

俺の腹筋をなぞるように、柔らかな爆乳がズリズリと擦《こす》られて、形を変える。

……まずい。このままだと俺は人間性を失い、狼《おおかみ》になってしまう。

「は、離してくれ！　こんなことで記憶が戻るわけ、ないだろ！」

「わっかんないでしょ、そんなこと！」

「わかるよ！」

「ちょっ！　あ～ば～れ～ん～なっ！」

振《ふ》り解《ほど》こうとする俺。離すまいとするソフィア。

そんなふうにしていると、俺の鳩尾《みぞおち》あたりで彼女の乳房がズリズリと擦れまくって……

「んんっ……♥」

甘やかな嬌声《きょうせい》がソフィアの口から漏れた、次の瞬間。

彼女の体に刻まれた模様……刻印が、淡く光り始めた。

黒髪の少女と同じ現象、だが、あのときとは違ってそこに対する興味は湧いてこない。

柔らかな巨峰の感触に混ざり始めた、この突起物めいた感触は、まさか……！

「ふっ、くぅ……♥」

ソフィアが纏《まと》う衣服の生地は、透け感が強い。それゆえに彼女の状態が一目でわかる。

膨らんだ桃色の先端を擦《なす》り付《つ》けて、興奮しているのだと。

しかし、彼女は。

「な、なに、コレ……？　こんな、感覚……子供の、頃には……」

どうやらこの子には、性的な知識がほとんどないらしい。

「んっ……！　な、なんで、あたし、こんな……！」

頬を真っ赤にしながら、こちらの腹部に乳房を擦り付けるソフィア。

恥ずかしいことをしているという自覚はあるのだろう。

しかし、初の快感と強い羞恥とが、鬩《せめ》ぎ合った末に……彼女は、前者を選択した。

「んっ……♥　んっ……♥」

躊躇《ためら》いつつも、こちらの腹部に敏感なそれを擦り付けるソフィア。

愛らしさといやらしさ。彼女の淫靡《いんび》な姿に俺は稲妻を浴びたような衝撃を受け――

次の瞬間、頭に強い痛みを覚えると同時に。

目前の光景が、激変する。

『あ、あの。僕と一緒に狩りを――』

『やだよ。気持ち悪い』

『お前、母ちゃんから病原菌貰《もら》ってんだろ？　伝染《うつ》ったらどうすんだよ』

孤独な幼少期。誰も手を取ってはくれず、毎日毎日、独りぼっちで。
『ごめんね、オズ。私のせいで』
『大丈夫、だよ。それより僕の方こそ、ごめんなさい。僕、狩りが下手クソ、だから』
飢えていた。病に伏せた母も。俺も。
『……どうして僕達ばかり、こんな目に遭うんだろう』
己の境遇に対する呪詛《じゅそ》が、他者への憎悪《ぞうお》へと変じていく。
それが俺の人格を蝕《むしば》み、致命的な領域へと至る……直前。
『なぁにやってんのよ、あんた達っ！』
俺は、彼女に出会った。
『寄って集《たか》って叩《たた》くだなんてっ！　喧嘩《けんか》は一対一で、堂々とやりなさいよっ！』
ソフィア・ノーデンス。彼女は俺の、救世主だった。
『あんたいつも一人で狩りに行ってるの？』
『う、うん。だから、取り分が少なくて』
『そう。じゃあ今日からはあたしが一緒に行ってあげる！』
誰も取ってくれない、俺の手を、彼女だけは。
『オズってば、ほんっとに弱っちいわねぇ』

『う、うぅ……』

『まぁ、無理に強くなる必要なんてないわ。あんたにはあたしが居るもの』

いじめられて泣くだけの俺に、彼女は輝くような笑顔を見せて、

『あたしがオズのこと、守ってあげる！』

俺は、そんな言葉を、ずっと——


「——オズっ！　オズっ！　ねぇ、オズってばっ！」

ソフィアの声が耳朶《じだ》を叩く。

と、目前の光景が元のそれへと戻った。

「ソフィ、ア……」

あれからほとんど時間は経《た》っていないのだろう。

彼女の頰は淫《みだ》らに紅潮し、漏れ出る吐息には甘さが籠もっている。

その艶《なま》めかしい姿に、しかし、俺は肉欲など微塵《みじん》も抱かなかった。

心の内側を占めるのは、強い懐《なつ》かしさと……当惑。

俺という存在の一部に、別の何かが入り込んできたような感覚がある。

ただの村人でしかないはずの俺が、大賢者という別の何かに侵食されているような……

そう、だからか。

「……思い出したよ、ソフィア」

こちらの意思とは無関係に、気付けば口が勝手に動いていた。

「えっ」

首を傾《かし》げる彼女へ、俺は衝動に駆られるような気分を味わいつつ、次の言葉を送る。

「ずっと、独りぼっちだった俺を……君が、救ってくれたんだよな」

感謝の想《おも》いが湧き上がってきた。きっとそれは、この身に宿る大賢者としての俺がもたらしたもの。しかし村人としての俺は………と、奇妙な感覚に苦しむ最中。

「お、思い出したって……ほ、本当、に……？」

「……うん。でも、全てじゃない。子供の頃の記憶を、少しだけ」

「そ、それでもっ！　それでも、十分よっ！」

満面に花が咲いたような笑みを浮かべるソフィア。

そんな彼女を目にしたことで、さっきまでの苦悩めいた感情が和らいだ。

自らの状態を完全に受け入れたわけじゃないが、しかし、この子の明るい顔を見ていると、悩んでいるのが馬鹿馬鹿しく思えてしまう。

ともすれば大賢者だった頃の俺は、この子に特別な情を抱いていたのかもしれないな。

「ふふんっ！　やっぱり、あたしの読みは正しかったのね！」

「読み？」

「そう！　子供の頃にやってたことをすれば、懐かしくなって記憶が戻るのよっ！」

言うや否《いな》や、ソフィアはこちらから身を離し、

「さぁ、次行くわよ、次っ！」

俺が目を覚まして以降、見せたことのない明るさを振りまくソフィア。

……それから。

「ふふん♪　相っ変わらずひ弱ね～♪」

「取っ組み合いで、君に勝てるわけないだろ……」

記憶を呼び起こすために、俺達は。

「なに？　この、変な踊り」

「村に伝わる伝統のダンスでしょうがっ！　ていうかあんた、動きにキレが足りてないわ！　そこの振り付けはね、こうやるのよっ！」

幼少期に体験したという、様々な遊戯に興じてみたのだが。

肝心の記憶はというと。

「どう？　なんか思い出せた？」

「いや、まったく」

　全て空振りに終わった。

「う～ん、何がいけなかったのかしら……」

「脳を刺激するってアプローチ自体は間違ってないと思う。ただ恐らくだけど、さっきまでやってたような遊びじゃ刺激が足りないんじゃないかな」

「刺激。刺激、ねぇ……」

　うんうんと唸《うな》っていたが、しかし結局、何も思いつかなかったらしい。

「とりあえず、今日はここまでにしときましょうか」

　それから彼女は部屋の入り口まで移動し、そこで不意に立ち止まると、

「……希望は、あるわよね」

　その呟《つぶや》きは俺に向けたものではなく、己に対する決意表明だったのだろう。

　ギュッと拳を握り締めながら、ソフィアは部屋から出て行った――

　彼女の退室を見届けた後、俺はベッドに転がって瞼《まぶた》を閉じた。

　体感的には、目を覚まして数時間が経過した程度に過ぎない。

　普段なら眠気など微塵も感じないが……過ごした時間の密度があまりにも高すぎたのか、

自分でも驚くほどあっさりと意識が遠のいていく。
気付いた頃には——夢の世界へと誘《いざな》われていた。

——悪夢というのはおよそ支離滅裂なもので、それが意味を持つことはない。

自らが潜在的に恐れる何かがランダムで再生され、精神に強い負荷を掛けてくる。

ただそれだけの現象、なのだが。

今、目前にて展開されている悪夢は、あまりにも強い現実味を感じさせるものだった。

開けた平野の只中《ただなか》で、人と怪物とが衝突し、互いに命を散らせていく。

そうした凄惨極まりない戦場の中心に立つ、二人の存在。

俺とソフィアだ。

彼女はこちらの前に立ち、ただ一人の敵方を睥睨《へいげい》している。

奴《やつ》は隆々とした鋼体《こうたい》を誇示するように立ちながら、悠然と口を開いた。

『我が名はゾルダ。ゾルダ＝ゴー＝グラフト。貴様等がいうところの、《邪神》だ』

『あんたを、倒せば……！』

『応。この戦場を含めた広範囲の《シード・レス》……貴様等が《眷属《けんぞく》》と呼ぶ我が手勢は機能を停止する。もっとも、そうなったところで奴等《やつら》が元に戻るわけではないがな』

憎らしい言葉を放つゾルダへ、俺達は射殺さんばかりの視線を送る。
されど奴は涼しげな気構えを崩すことなく、
『まぁ、とにもかくにも。現状を覆《くつがえ》すには己《おれ》を討つ以外に道はないと思え』
金属に覆われた顔面が擦過音を鳴らしながら駆動し、笑みの形へと変わる。
『さぁ、どこからでも掛かってこい』
戦いが始まった。
俺とソフィア、その顔に宿る情念は普段とまったく同じ。
彼女の美貌に勇気が漲《みなぎ》る一方で……俺は、恐怖を覚えていた。
いつだってそうだ。臆病は生来のものであり、決して変えられはしない。
それでも、ここに至るまではずっと、立ち向かうことが出来た。
隣にソフィアが居る。その安心感が、戦いに臨む際の支えとなっていた。
しかし。
『足りんなぁ。まだまだ、お前達は足りていない』
奴の、暴力は。
『勇者には力が。大賢者には心が。それぞれ、足りていない』
ソフィアがもたらしてくれる安心感を、軽々と消し飛ばすようなもので。

『おっと。少々力を込めすぎたか。殺すつもりはなかったんだが』

目の前で彼女を殺されて。

地面に転がった亡骸《なきがら》と、目が合ってもなお、俺は。

怒り狂うべき場面で、そのように出来なかった。

絶大な恐怖に取り憑《つ》かれて、全身をガタガタと震わせることしか、出来なかった。

『亡骸を連れて去るが良《い》い。貴様には何か秘策があるのだろう？　一回りも二回りも強くなって、再び己《おれ》の前に立て。期待しているぞ、大賢者』

この言葉に俺は、屈辱を感じながらも——

と、ここで、沈んでいた意識が現実へと引き上げられた。
まどろみの中、俺は軽い眠気を感じつつ、起き上がろうとする。
だがそのとき。
ぐにゅんっ♥
何か、心地のよい弾力が、掌《てのひら》から伝わってきて。
「んっ……♥」
艶《つや》やかな声。それは、すぐ隣から生じたもの。

おそるおそる瞼を開けて、そちらへ目を向けてみると——

「ふふ。目覚めて早々に女体を求むるとは。その剛胆さ、実に好ましい♥」

蠱惑《こわく》的な微笑を浮かべたエリザが、添い寝する形で、こちらの隣に寝そべっていた。

ピンッと立った獣耳。ふりふりと左右に揺れるフサフサな尻尾。そして……彼女の褐色エロボディーを視認すると同時に、俺は心地よい弾力の正体に気が付いた。

おっぱいである。

エリザの乳房を、俺は鷲摑《わしづか》みにしていたのだ。

それを理解した瞬間。


「オズっ！　朝よっ！　目ぇ、覚ま、しな、さ、い……？」


ドアを開いて入室した途端、ソフィアの表情が石化する。

彼女の大きな瞳に映っているのは、同衾《どうきん》した男女の姿。

しかも男の方は女の乳を揉《も》んでいる状態。

どう考えてもコレは、そういうふうにしか見えない光景であろう。

「な、ななな……！　なぁぁにやってんのよぉおおおおおおおおおっ!?」

ソフィアの絶叫が室内に轟《とどろ》いた。

「ま、待ってくれソフィア！　ち、違うんだ！」

「なぁ〜にが違うってのよ！　もうそのまんまじゃないの！」

ズンズンと足を踏みならしながらやって来るソフィア。

一歩踏み出す度に爆乳が「ぶるんっ♥」と揺れて実にエロかったが、そんなことを思っている場合ではない。

「目が覚めたらエリザが居たんだ！　俺が連れ込んだわけじゃない！」

「うむ。オズ殿のおっしゃる通り、わたしが勝手に添い寝をさせていただいたのだ」

「はぁっ⁉」

なんでそんなことを？

ソフィアが言外に放った問いは、こちらとしても気になる内容だった。

これに対しエリザは背筋を伸ばし、堂々とした態度で返答する。

「ソフィア。お前は昨晩わたしに報告したな？　オズ殿の記憶が戻ったと」

「それがどうして添い寝に繋《つな》がるのよっ！」

「まぁ最後まで聞け。お前の報告を受けた後、わたしは一晩中考えていたのだ。何がオズ殿の記憶を呼び起こしたのか、となEOF」

彼女は指を二本立てて、続きの内容を語り始めた。

「可能性としては二つ。過去、頻繁に行ってきたスキンシップが心身に影響を与えたがため。ロマンチシズムな言い方をするならば、お前達の絆《きずな》によって記憶が戻った、ということになるわけだが……わたしには、もう一つの可能性が本命ではないかと思えた」

「もう一つの、可能性？」

「うむ。強烈な興奮がオズ殿の脳を刺激し、なんらかの作用をもたらしたのではないかと、わたしはそのように考えたのだ」

「きょ、強烈な、興奮？」

「お前はオズ殿について、常々こう述べていたな。極度のむっつりスケベであると。そうした心根が押し当てられた乳房に強い反応を示し、凄《すさ》まじい興奮が生じた。その刺激たるや筆舌に尽くし難《がた》く……ゆえに、オズ殿の脳が過去を修復したのではないか、と」

んなアホな理屈が………いや、完全には否定出来ない、か？

「これはひとえに戦争の勝利を掴《つか》み取《と》るためのもの。ゆえに我が行為は決して不埒《ふらち》なモノではない。そういうわけで……実験をしようではないか、大賢者殿♥」

艶然《えんぜん》とした微笑を浮かべ、こちらを誘うように胸を張るエリザ。

たぷんっ♥

いやらしく揺れる褐色の爆乳。

それを前にして、俺は無意識のうちに喉を鳴らしたが、しかし。

「ソ、ソフィア」

「……なによ？」

「実験を行う許可が、欲しいん、だけど」

たぶんこれは他人の許しなんて必要としないことなんだろうとは思う。揉みたい乳を好きなように揉んでも、文句を言われる筋合いはないはずだ。しかしそれでも彼女に許可を求めたのは、大賢者の記憶が一部とはいえ戻ったことによる影響だろうか。

「ダメ、かな？」

こちらの問いに対し、ソフィアは眉間に皺《しわ》を寄せながら答えた。

「……まぁ、おっぱい触るだけで記憶が戻るなら万々歳だし。あたしのでいいじゃん、とも思うけれど……サンプルは多く取った方がいいってのも事実だしね……」

そして彼女は言う。好きにすれば、と。

「ふふ。では大賢者殿。思う存分、エリザの乳房をご堪能《たんのう》あれ♥」

もはや躊躇《ためら》う理由はない。俺はゆっくりと手を伸ばし——両手でエリザの胸を鷲掴んだ。

もにっ♥

掌全体から伝わってくる弾力と柔らかさ。そして彼女の温《ぬく》もり。
それは単なる脂肪の塊と表するには、あまりにも、心地がよすぎるものだった。
ぐにゅんっ♥　ぐにゅんっ♥　ぐにゅんっ♥
魔性。そのようにしか表現出来ない。
むにゅっ♥　むにゅっ♥　むにゅっ♥
まるで底無し沼へ引《ひ》き摺《ず》りこまれるような感覚。
気付けば俺は、乳を揉むことしか出来ない生物へと堕《お》ちていた。
もちゅんっ♥　もちゅんっ♥　もちゅんっ♥
多くの《戦乙女《ヴァルキリー》》達がそうであるように、エリザもまた下着を着用していない。
ゆえに掌から伝わる感触はまさに生乳のそれ。
にみゅんっ♥　にみゅんっ♥　にみゅんっ♥
指の合間からハミ出る褐色の乳肉。その様はあまりにも淫靡《いんび》なもので。
さらには。
「ふっ、く……♥」
乳を揉まれて発情し始めたのか、エリザの表情が妖艶《ようえん》さを増していく。
「んっ……♥　ふふ♥　さすがは大賢者殿、わたしの弱いところを、的確に……♥」

捏《こ》ねるように全体を揉み回す。

揺らすように下乳を刺激する。

そうしていると、エリザは獣耳と尻尾をピンッと立たせて、

「んぅっ……♥　くっ……♥　いかが、ですか？　エリザの乳房、は……♥」

艶《なま》めいた吐息を漏らしながら問うてくる。

色欲の化身めいた姿に、俺は心臓の鼓動を高めながら、受け答えた。

「す、すごく、いい」

「んふっ♥　ふふっ♥　それは重畳……あふんっ♥」

こちらの乳揉みに合わせて喘《あえ》ぐエリザ。その様相はあまりにも淫靡で……こんな状況を前にしたなら、生理的な反応が発生するのは必然といえよう。

「興奮、しておられるのですね、オズ殿……♥」

膨らみ始めたそれを目にしながら、エリザは艶然とした微笑に喜悦を宿し、呟《つぶや》く。

「わたしにも、チャンスはあるということか……♥」

熱烈な眼差《まなざ》しと、呟き声。ここまでされて気付かないほど、俺は鈍感じゃない。

「エリ、ザ」

褐色の爆乳を揉みしだく手に、さらなる情熱が籠もる。

にみゅっ♥　にみゅっ♥　にみゅっ♥
もちゅっ♥　もちゅっ♥　もちゅっ♥
淫《みだ》らに形を変える乳房。
高まるボルテージ。
やがて、俺とエリザは極限状態へと導かれ——その瞬間、二つの変化が同時に現れた。
一つはエリザの刻印。彼女の体表に刻まれたそれが、淡い発光を見せる。
そして、二つ目は——
我が身に降りかかった、強烈な頭痛。
唐突に襲ってきたそれに苦悶《くもん》を漏らした、そのとき。

『この技術はゲームチェンジャーになりうるものだ』

誰かが俺の方を見て、笑う。その姿は白くモヤが懸かっていて、確認出来ない。

『《神核》……我々の技術と君達のそれを組み合わせることによって生まれた、新たな力。まずは称賛を送ろうか。君の能力は僕の想定を遥《はる》かに超えるものだった』

ぱちぱちと、拍手する誰か。

『けれどね、オズワルド。これだけでは不十分だ。戦争を終わらせるためにはもう一つ、絶対的に必要なものがある』

俺は問うた。それはなんだ、と。

『教えてもいいけど……覚悟が必要だぜ？　守られてばかりの君が。臆病者の君が。命を捨てる覚悟なんて、出来やしないだろ？』

否定はしない。だが、それでも。

『わかった。教えてあげよう。《神核》によって勇者を改造したなら、次は――』

――ここで、映像が途切れた。

瞬《まばた》き一つを挟んで、目前の光景が元のそれへと戻る。

「んんんんんっ♥」

どうやら頭痛の影響で、無意識のうちに乳を強く握り込んでいたらしい。

もぎゅうううううううっ♥

それがエリザにとっては強い刺激となったようで。

「ふぁっ♥」

刻印が一際《ひときわ》強く煌《きら》めくと同時に、彼女の獣耳と尻尾が「びくんっ♥　びくんっ♥」と痙《けい》攣《れん》し……それから力尽きたように、後方へと倒れ込んだ。

そしてエリザはベッドの上へと転がりながら、

「はぁ……♥　はぁ……♥　はぁ……♥」

甘やかな息遣いに合わせて、豊満な乳房が「たぷんっ♥　たぷんっ♥」と揺れ動く。

そうした様子と、汗の滴《したた》る褐色肌の組み合わせは、あまりにもドスケベで。

「…………っ！」

オスの本能がもたらす強い衝動に、心が支配されそうになったのだが。

「どうなの？　実験の結果は？」

ソフィアの声を耳にしたことで、ハッとなった。

俺は何度か深呼吸をして気を落ち着かせると、彼女へ目をやって一言。

「記憶の一部が、戻ってきた」

結論自体はソフィアにとって喜ばしいものだったのだろう。

彼女は一瞬、あどけない美貌を明るくさせたのだが……不都合な事実に思い至ったからか、すぐさま不機嫌そうな顔となる。

「これで証明されちゃったってわけね……！　あ、あああ、あんたがっ！　お、おおお、女の子の体を、好き放題してっ！　激しく興奮する、ヘンタイだってことがっ！」

いや、男だったら皆そうだろう。しかも相手はエリザだ。あんなドエロい褐色おっぱいを好き放題に揉《も》んだなら、誰だってケダモノへ堕ちるに違いない。そのうえ彼女はこちらに好意を抱いてくれてもいる。それを思えば興奮度合いは何倍にも高まるというものだ。

「ま、まぁ、でも、記憶を取り戻す方法がわかったのは、喜ばしいこと、だろ？」

「ふんっ！　それはそうね！　なんだか腹立たしいけれど！」

腕組みをして鼻を鳴らすソフィア。それから彼女はエリザへと目をやった。

「……オズのことは一旦、置いておくとして。どうにも、気になるわね」

おそらくは刻印の発光と、エリザの異様な疲労度を指した言葉であろう。

「あたし達のこれ、今まで光ったことなんて一度もなかったのよね。いったいどういう意味があるのかしら」

「そこは今後の研究課題、だな」

言い合っていると、エリザがようやく会話可能なレベルまで疲労を回復させたらしい。

「ふぅ……事前に申し上げておきますが、乳を揉まれただけで疲労するといった欠点など、《戦乙女《ヴァルキリー》》にはありませぬ。またこのエリザ、連続で一〇〇の絶頂を経験したこともありますが、そのときでさえこんな疲労感に襲われた覚えはない」

最後の方はとてつもないツッコミどころであったが、俺達はあえて黙殺した。

「謎の発光と、強い疲労感。気になるところではあるが」

「うん。いま大事なのは、あんたの記憶を戻す方法がわかったって事実と」

「そこから導き出される、今後の方針、だな」

答えを出すのは簡単だが、こちらの口から発するのはどうにも憚《はばか》られる。

そんな俺の心理を汲《く》み取《と》ってくれたのか、エリザが代わりに結論を述べた。

「オズ殿には今後、拠点内に存在する《戦乙女《ヴァルキリー》》達に対し、積極的にコミュニケーションを図っていただきたい。主に性的な意味で」

まぁ、そういうことになる、よなぁ。

「極端に強い疲労感が伴う以上……ソフィアよ、お前一人とのコミュニケーションで済ませるというわけにはいかん」

「……わかってるわよ。それは合理的じゃないってことぐらい」

むすぅっと頬を膨らませるソフィアに、エリザはどこか勝ち誇ったような微笑を浮かべ、

「案ずるな。オズ殿を奪うわけじゃない。ただ、独占はさせないというだけのことだ」

言うや否《いな》や、こちらの腕に自らの乳房を押し付けてくるエリザ。尻尾を振りながらニマニマと笑う彼女にソフィアは「ぐぬぬぬ」と呻《うめ》いてから、こちらをビシッと指差し、一言。

「さっさと思い出しなさいっ！　いいわねっ！」

不機嫌そうに「ふんっ」とそっぽを向くソフィアに、俺は苦笑を返すしかなかった。

それから。

「焦《あせ》っても仕方のないことやもしれませぬが、しかし」

エリザが再び、念を押すかのように、これからのことを口にした。

「オズ殿。貴殿の記憶は我々からすれば、まさに勝利の鍵そのもの。ゆえにそれを取り戻すためであれば、いかなる手段も受け入れまする。少なくともこの拠点内に籍を置く者達は例外なく、その覚悟でおりますので……どうかご遠慮など、なさらぬよう」

そして彼女は言った。ひどく真面目な顔のまま、あまりにも不健全な内容を。

「お気に召した相手が居たなら、何をしてもかまいませぬ。乳や尻を揉みしだくもよし、接吻《せっぷん》を交わすもよし、腋《わき》を舐《な》めしゃぶるもよし。思うがままに楽しんでくだされ」

欲望の限りを尽くしてもよい。どのような行為も正義となる。

そんな言葉に俺は、恥ずかしながら、自身の獣性を昂《たか》ぶらせずにはいられなかった。


──かくして。

ドスケベな美女・美少女達と、一つ屋根の下。

肉欲に塗《まみ》れたエロエロ・ライフが今、開幕のときを迎えたのだった──

第三話　元・底辺村人、自らの真価を知る

穏やかな目覚めなど、かつての記憶にはない。

一日に対する不安で心が潰れそうになりながらの起床。村人としての俺は常に、そんな気持ちを抱えながら目を覚まし続けていた。

きっと大賢者だった頃も同じだったのではないかと思う。もちろんそれは、食卓に肉を並べられるか、といったスケールの小さな内容ではなかったろうけど。

ともあれ。俺は夜ごと、こんなふうに願い続けてきた。

眠ったまま目を覚ましませんように、と。

しかし……今は違う。

なぜならば。起床と同時に、可憐《かれん》な銀髪エルフが幼馴染《みかか》迎え入れてくれるからだ。

「ふふっ……♪　オズが居るぅ……♪」

少し寝惚《ねぼ》けた調子で、ソフィアが嬉《うれ》しそうに呟いた。

この数日間、俺と彼女は同衾《どうきん》し、抱き合ったまま眠っている。それは記憶を取り戻した

めではなく、俺と一緒に居たいという彼女の想《おも》いを酌《く》んだ結果であった。

「おはよう、ソフィア」

「うんっ。おはよ、オズ」

甘やかな匂い。柔らかな感触。触れ合う温《ぬく》もり。

そこにはいやらしさなど微塵《みじん》もない。

俺の朝は陰鬱なそれから、心満たされるものへと変わっていた。


共にベッドから降りて、洗顔し、朝餉《あさげ》を摂《と》るために食堂へ。極貧の村人である俺からしてみれば、提供されている品はいずれも豪勢かつ美味なものに感じられたのだが……

しかし、味覚に神経を集中させようとしても、環境がそれを許してはくれなかった。

「あ、あの人が、かの有名な……！」

「エリザ姉様の御触書、あんたも見たわよね？」

「う、うん。あんなことや、こんなこと、されちゃうんだよ、ね」

好奇の目で見られたり、ひそひそと陰口を言われたりするぐらいなら、まぁなんとか耐えることも出来る。だが……彼女等《かのじょら》のセクシーな有様《ありさま》は、どうにも耐えがたい。

ソフィアは機能性を合理的に追求した結果の装束だと述べていたが、どう考えてもオスを誘惑するために考案されたものとしか思えない。

もはや裸よりも恥ずかしいのではなかろうか。ちょっと動いただけで尻たぶが大胆に露出するし、胸が大きい者は一歩刻む度に乳肉がいやらしく揺れまくる。

これが全員、醜女《しこめ》であったなら良かったのだが、厄介なことに皆例外なく、あまりにも魅力的な外見をしているのだ。

大人の色気を振りまく美女。スレンダーな美少女。危うさを感じる幼女。

誰もが最高に整った顔立ちをしているだけでなく、性的な凶器すらも誇示している。

「ごくり……」

料理を嚥下《えんげ》したのか、興奮を呑《の》み込んだのか、自分でもわからない。

エロい格好をした美しい《戦乙女《ヴァルキリー》》の群れ。彼女達が醸《かも》し出《だ》すフェロモンが脳を灼《や》き、我が身から品性を奪おうとしている。

そんな欲求に対して、正直になってもよいという環境もまた、本当につらい。

俺だって健全な男子なのだ。こんなにもエロくて綺麗《きれい》で可愛《かわい》くてエロい女の子達を前にしたら、ムラムラしても仕方がなかろう。彼女等の尻とか乳とか腋とか唇とかに、あんなことやこんなことをしたくなっても仕方がなかろう。

だが……それを行動に移せるのかと問われれば、不可能であると断言するほかない。

エリザは言った。気に入った相手が居たなら、どのようなことをしてもよい、と。

しかしながら、そのような発言を受けて、「よっしゃあ！　女体を堪能《たんのう》し尽くしてやるぜぇ～！　うっひょひょ～い！」ってなる奴《やつ》がどれだけ居る？

少なくとも俺は、そのような人間ではなかった。

だからこの数日間、そういうことをした相手は、二人のみ。

エリザと、そして……ソフィアである。

「あっ。汁が零《こぼ》れちゃった」

布巾で胸元の汚れを拭うドスケベエルフ《幼馴染み》。昨夜も俺は、あの胸を、思う存分……！

いかん、これ以上考えたら、立ち上がることが出来なくなってしまう。

とにかく。俺は今のところ、ソフィアやエリザとだけそういうことをしているわけだが、

しかし、記憶の復元については極めて順調に進んでいる。

であればもう、皆とのコミュニケーションなど不要ではなかろうか。

確かに惜しいといえば惜しいけど、無理にそうしなければならない理由もないわけだし

……やっぱり俺としては、それなりに気心の知れた相手としか出来ない、というか……

「ん？　どうしたの、オズ？　頭なんか抱えちゃって」

「あぁ、うん。大丈夫」

苦笑を返し、俺も食事を続行。

そうしていると。

「あの」

第三者に声をかけられ、そちらへ目を向ける。

そこには何日か前、浴場にて裸を見てしまった黒髪の少女《ヒューマン》が、立っていて。

「お食事中、申し訳ございません、ソフィア姉様。……あと大賢者様」

裸を見られたことを根に持っているのか、こちらへの扱いがちょっと刺々《とげとげ》しかった。

「ん。なぁに、シャロン？」

どうやら彼女はシャロンというらしい。

「エリザ姉様がお呼びです。お食事を摂り終えたら、司令官室へ向かってください」

「わかった。伝言、ありがとね、シャロン」

「いえ、お食事中に失礼しました、ソフィア姉様」

そして彼女はこちらを一瞥《いちべつ》すらせぬまま、我々の前から去って行く。

「なんだろうな。呼び出しっていうのは」

「まぁ、きっと嬉しい報告とかではないと思うわ」

少しばかりの緊張を抱えつつ、朝餉を速やかに片付けていく。

そうしてから、俺達はエリザのもとへ赴き――

「オズ殿。貴殿に協力していただきたいことがある」

開口一番、単刀直入な言葉が彼女から発せられた。

ソファーに腰を落ち着け、足を組むエリザ。

むっちむちな太股《ふともも》を見せ付けるような体勢のまま、彼女は次の言葉を放った。

「この基地からやや離れた場所にある森林地帯。これを奪還していただきたく」

「……もう少し、詳しいことを教えてくれないか」

首肯を返すと、エリザは獣耳を立てながら、ことの仔細《しさい》を話し始めた。

「ソフィア以外の《戦乙女《ヴァルキリー》》は不完全な存在でしてな。というのも、我々を《戦乙女《ヴァルキリー》》たらしめているのは貴殿が創造された完璧な《神核》ではなく、それを模して創られた疑似《神核》。一応それでも常人を遥《はる》かに超越した力を得ることは可能だが……」

「なんらかのデメリットが、生じている、と？」

「然り。量産計画によって誕生した第一世代以降の《戦乙女《ヴァルキリー》》は様々な問題を抱えておるのです。それが生命活動の維持に支障のないものばかりだったなら、良かったのだが」

曰《いわ》く、彼女等には専用の「食事」が必要とのことで。

「もしもそれを摂取することなく、一月が経過したなら、我々の内側にある疑似《神核》

が全ての機能を失ってしまう。即《すなわ》ち、《戦乙女《ヴァルキリー》》から人間に逆戻りということだ」

「それは……死よりもなお、辛《つら》いことだろうな」

「然り。力を失えば戦闘はおろか、後方支援さえままならぬ」

彼女等は女であると同時に、強い覚悟を秘めた戦士でもある。

そんな者達にとって仲間の役に立てなくなるというのは、これ以上ない苦痛だろう。

「我々の食事を製造するためには、いくつかの素材が必要となる。件《くだん》の森林地帯ではそれら全てが採取可能だったがために、我々にとってはまさに要所中の要所だった」

「それを《眷属《けんぞく》》に奪われた、と」

「うむ。かれこれ三月ほど前に、な」

「……食事の方は、大丈夫なのか？」

「備蓄はあるが、それも半年ほどで尽きるだろう。そうなったなら」

この拠点に住まう《戦乙女《ヴァルキリー》》達は、全滅する。

それを防ぐためには、なんとしてでも件の森林地帯を奪還するしかない。

「本来であれば、復活したての大賢者殿に労働を強いるようなことはしたくない。だが……ここ最近は、問題があまりにも多く発生している。それらに対処すべく人員を配置していくと、どうしても手が足りなくなってしまうのだ……」

ここでエリザは深々と頭を下げて、

「大賢者殿。どうか、お頼み申す。我々を救ってくだされ……！」

首肯を返せば、危険な戦場へと身を投じることになるだろう。

そんな未来に対する恐怖は並々ならぬものだったが……しかし、「怖いから嫌だ」と、
そのような返答を口にする気にはなれなかった。

エリザはこんな俺に好意と信頼を寄せてくれている。

その想いを裏切りたくないと、そう考えたがために。

「任せてくれ」

堂々とした態度を装《よそお》いながら、俺は受け答えた。

「有《あ》り難《がた》く存じまする。大賢者殿」

安堵《あんど》したような微笑を浮かべ、礼の言葉を述べるエリザ。

ふさふさとした尻尾が快活に揺れ動く。

そんな彼女へ、これまで黙していたソフィアが言葉を投げた。

「その任務、あたしも同行するけど、いいわよね？」

「うむ。わたしとしてもそのつもりだった。オズ殿の手腕であれば単身でもこなせるとは
思うが……念には念を入れたい」

そこまで言うと、エリザはこちらへと向き直り、

「ソフィアの他にも一人、手空きの人員をお付けしたいのだが、よろしいか?」

首肯を返した後、俺は「だが」と前置いて。

「任務にあたる前に、しておきたいことがあるんだけど、いいかな?」

「は。なんなりと」

「君達が持っている力。まずはそこを頭に入れておきたい。それがわからないままじゃ連携も何もないし、戦術を組み立てることだって出来ない。そんな状態で任務に臨んだなら、成功率は大きく低下すると思う。万全を期すためにも、ここは時間を費やしたい」

エリザは腕を組み、深々と頷《うなず》いた。

「専用の訓練場がありますので、そこで実演をさせてもらえればと」

「あぁ。それで問題ないよ」

「しかして……参加者はわたしとソフィア、二名でよろしいか?」

「出来ることなら今回の任務に同行する《戦乙女《ヴァルキリー》》、全員の能力を把握しておきたい。ソフィア以外の人員というのが多忙だっていうのなら、諦めざるを得ないけど」

「それは……」

なぜだか獣耳を伏せて、言《い》い淀《よど》むエリザ。

どうやらなにがしかの事情があるらしい。

「わかった。エリザとソフィア。二人だけにしておこう」

「……申し訳ない」

小さな謝罪に、俺は「気にするな」という想《おも》いを込めて、首を横に振る。

それから二人に案内される形で、俺は基地の地下へと向かった。

どうやら訓練場はそこに設けられているらしい。

果たして、彼女等《かのじょら》に連れていかれた場所は、広々とした殺風景な空間だった。

「……見事なまでに、何もない空間だな」

さりとて、ただの空き地というわけではないだろう。

それを証《しょう》するように、エリザが空間の中心へと移動し、なんらかの魔法を発動。

右手の指に嵌《は》めた指輪が煌《きら》めくと同時に床が変形し、台座が迫《せ》り上がってきた。

「この魔導装置を操作することで、《眷属》共の幻影を召喚し」

「それを相手に実戦経験を積んでいく、と」

「左様。今回の幻影召喚はスリー・ウェーブ。《眷属》共の群れを三度にわたって殲滅《せんめつ》したならクリア、といった設定にさせていただくが、よろしいか？」

「あぁ。かまわない」

「ちなみにね！　この訓練のベストスコア保持者、あたしだから！」

得意げな顔をして胸を張るソフィア。どたぷんっと揺れる爆乳。実に素晴らしい。

「さて……実戦訓練へと移る前に一つ、説明しておきたいことがある」

エリザが台座型の装置を操る。

彼女の指輪が煌めいてからすぐ、俺の目前に幻影の板が出現した。

「これは？」

「あたし達のパラメーターね。《戦乙女《ヴァルキリー》》の身体的、あるいは魔力的な能力を数値化して表示したもので……まぁ、実際に確認すればわかるんじゃないかしら」

ソフィアに言われた通り、俺は板に記載された内容へ目を通した。

名称：ソフィア・ノーデンス
生命力：五七〇〇　魔力総量：三五〇〇
筋力：三〇〇〇　魔攻：二六〇〇
頑強性：四八〇〇　魔防：五〇〇〇　敏捷《びんしょう》：三〇〇〇

名称：エリザ・グノーシス

生命力：二二〇〇　魔力総量：一九〇〇
筋力：一七〇〇　魔攻：二〇〇〇
頑強性：一五〇〇　魔防：一四〇〇　敏捷：二三〇〇

……全体的に、ソフィアの方がエリザよりも二回り以上強い。

それ自体は幾度となく耳にしていたため、特に思うところはなかったのだが。

「《戦乙女《ヴァルキリー》》全体の平均値は？」

「およそ二〇〇〜三〇〇といったところですな」

「つまり！　あたし達は平均の一〇倍強いってわけよ！」

どんなもんだいとばかりに胸を張るソフィア。

そのおっぱいと戦力に対し、称賛の思いを抱く一方で……俺は危機感を覚えていた。

「平均がそんなにも低いということは」

「ええ。原初《プロト・タイプ》であるソフィアをもとに、当時の軍部は量産型《戦乙女《ヴァルキリー》》を第七世代まで開発したのですが……終盤においては、性能よりも物量を優先し始めましてな。ゆえに第一世代以降、順々に性能が落ち込んでいるのです」

「……戦力として扱えるのは？」

「およそ第四世代までが限界かと」

「……戦闘員の、総数は？」

「この拠点のみであれば、三〇〇人以下。他の拠点を含めても、万に届くかどうか」

「……物量的にはこちらが圧倒的に不利、か」

「そこに加えて、質に関しても厳しい評価を下さざるを得ませんな。現状、こちらの数を増員することは出来ぬため、せめて質を上げたいところだが………む？」

自らのパラメーターを確認してからすぐ、エリザの尻尾がまるでクエスチョンマークを形成するかのように折れ曲がった。

「どうした？」

「……いや、気のせいでしょう」

首を横に振ってから、エリザは今し方の続きを話し始めた。

「パラメーターは滅多に変動しない。そのうえ世代ごとに限界値が定められている。天井知らずに上がっていくのは、ソフィアだけだ」

ゆえにこそ彼女は最強の《戦乙女《ヴァルキリー》》であり、俺と並んで、この戦争を勝利に導くための重要な鍵なのだと、エリザはそのように述べた。

「まだ説明していない内容は多々あるが……ここからは実戦を交えながら話そう」

エリザが台座を操作した瞬間、数多くの《眷属》達が出現。

「まずは我等の基礎性能を把握していただく。ゆえに用いるのは体術と魔法のみとしよう」

「りょ～かい。ちゃんと見てなさいよ、オズっ！」

こちらの応答を待つことなく、二人は勢いよく地面を蹴った。

まずソフィアが先んじて、一体の《眷属》へと肉薄し、

「りゃあっ！」

鋼の体躯《たいく》へ、拳を叩《たた》き込む。

常人であればむしろ、殴った方が大ダメージを受けるところだが……さすがは最強の《戦乙女《ヴァルキリー》》といったところか。打撃で《眷属》の頭を大きく凹《へこ》ませ、仕留めてみせた。

一方でエリザはというと、

「疾《シ》ッ！」

手刀を繰り出すが……ソフィアとは違って、その一撃で沈めることは出来なかった。

敵方の返礼を回避しつつ、エリザは口を開く。

「一般的な《戦乙女《ヴァルキリー》》が奴等《やつら》に対抗するには、魔導の力が必須となる」

言うや否《いな》や、彼女の指輪が発光。次の瞬間、無数の雷撃が放たれた。

「……ほう」

一撃で数多《あまた》の《眷属《けんぞく》》を殲滅したエリザの雷撃。その威力は感嘆に値するものだった。

「我々の魔法力は人間のそれを大きく上回るものだが……通用するのは雑魚《ざこ》だけだ」

エリザの発言が終了すると同時に、新たな敵が現れた。

三体。いずれも大型の肉食獣を思わせるような外見。

これに対しエリザは再び雷撃を放ってみせるが、

「見ての通り、まるで通用しない。こういった相手には切り札を出す必要がある」

「ふふんっ！　あたしのとっておきっ！　ちゃんと見てなさいよっ！」

待ってましたとばかりに右手を天へと掲げるソフィア。

そして。

「来なさい！　グラン＝ギニョルッ！」

そのとき、彼女の周辺に闇色のオーラが生じた。

それが掲げられた右手の先と、腰に当てた左腕へ集中し……得物を形作る。

長剣と盾。以前、金属ムカデと戦った際、彼女が用いていた武装だ。

「さっきのエリザみたくっ！　一撃で消し飛ばしてあげるっ！」

腰を落とし、漆黒の長剣を構えるソフィア。

指輪が強い煌めきを放つと同時に、刀身が闇色のオーラに覆われ……一閃《いっせん》。

虚空《こくう》を斬り裂く刃。その軌跡に沿うように、黒き波動が生じた。

それは飛翔《ひしょう》する斬撃となって敵方へと殺到。

宣言通り、一撃で以《もっ》て三体の《眷属》を葬《ほうむ》ってみせた。

「どぉ～よっ！　これがあたしの《霊装》、グラン＝ギニョル！　すっごいでしょっ！」

「《霊装》……取り戻した記憶の中にもない、初めて聞く単語だな」

「うむ。説明させていただこう。オズ殿が封印されて以降、ただ一人、貴殿に匹敵するほどの逸材が現れた。名はマリア・プロヴィデンス。貴殿とは知己の間柄だったというが」

「……記憶に、ないな」

「そうか。奴《やつ》は貴殿を兄と呼んでいたのだが、心当たりは？」

「俺に兄妹《きょうだい》なんか居ないはずだけど……その子は今、どこに？」

「遠く離れた、別の大陸で戦っている……はずだ」

エリザ曰《いわ》く、マリアとはしばらく連絡を取れない状態にあるとのこと。

心配ではあるが、今の我々にはどうしようもない。

「……まぁ、それはさておき。マリアの手によって創り出された我々の専用武器。それこそが《霊装》だ。これは簡単に言ってしまえば」

「補助装置、だな」

「然り。これと指輪を組み合わせることで、魔法力が何十倍にも向上する。その結果、我々は上位の《眷属》をも討伐出来るようになった」

《戦乙女《ヴァルキリー》》の基礎性能と、専用武器である《霊装》。これらの確認を以て、彼女等に備わった戦力のおおよそは把握出来た……と、そんな考えを否定するように。

「さて。次なる相手は、わたしが単独で倒してみせよう」

エリザが宣言すると同時に、新たな《眷属》が出現する。

数は一。極めて巨大な、植物めいた外見。

「先刻述べた通り、こいつはわたしが仕留める。ソフィア、お前が持ち得ぬ力で、な」

「むっ……！　す、好きにすれば？」

どこか悔しげなソフィアに微笑を返してからすぐ、エリザは精悍《せいかん》な顔つきとなり、

「顕現せよ、アグニッ！」

指輪が煌めき、そして、彼女の周囲に紅蓮《ぐれん》のオーラが漂う。

それらがエリザの左手へ集い……真紅の槍《やり》へと変じた。

「疑似《神核》は様々な問題を起こすと、そのように説明したが、しかし」

槍型の《霊装》を構えつつ、エリザは牙を剝《む》くように笑う。

「ただ一点、メリットがある。それを今からお見せしよう」

ピンッと張り詰めた獣耳と尻尾。

そして彼女は腰を落とし、両足へ力を込め――

「燃魂一槍《ねんこんいっそう》、刺し穿《うが》つッ！」

刹那、エリザの全身が灼熱《しゃくねつ》に覆われた。

自傷行為。そんな単語が脳裏に浮かんだ次の瞬間、エリザの姿が消え失《う》せ《き》た。

気付けば、彼女は敵方の背後に立っていて。

巨大な植物型の《眷属》が、穴だらけになっていた。

――決着。

《眷属》の幻影が粒子となって霧散すると同時に、エリザの全身を覆っていた炎もまた消失。それから彼女はどこか得意げな顔をして、こちらへと歩み寄り、

「不完全な《戦乙女《ヴァルキリー》》にのみ与えられし力。それが、《固有技能《オリジナル・アーツ》》だ」

そう前置いてから、エリザは詳細を話し始めた。

「いったい、いかなる仕組みによって、これが生じているのかは不明だが……疑似《神核》によって改造された《戦乙女《ヴァルキリー》》の中には、特別な力を開花させる者が居る。これは魔法でもなければ肉体的技術でもない。まさに第三の力と呼ぶべきものだ」

「第三の、力」

「うむ。わたしのそれは俊敏性の向上。発動した瞬間、平常時の千倍速で動くことが可能となる。この能力が発動している間だけ……わたしは、ソフィアよりも強い」

勝ち気な調子で鼻を鳴らすエリザ。どうやら彼女も、けっこうな負けず嫌いらしい。

そうした挑発的な態度に、ソフィアは「ぐぬぬぬ」と唸《うな》るのみだった。

この反応からして、エリザの発言は事実ということになるが……

「無制限に使えるわけでは、ないんだろう？」

「ふっ。さすがは大賢者殿、見抜いておられたか」

受け答えると同時に、エリザの口元に紅《あか》い雫《しずく》が流れた。

「わたしの《固有技能《オリジナル・アーツ》》は、生命力を代償に発動するものだ。用いた瞬間、消火不能の炎が我が身を灼《や》く。発動中は常時それが続くため……連続使用時間は、七秒が限界だ」

立っているのも辛《つら》い。そんな様子だった。

「それほどのデメリットがあるのなら、口頭説明でも良かったんじゃないか？」

「その通りではあるのだが、しかし……貴殿を前にして、格好を付けたくなったのだよ」

茶目っ気たっぷりにウインクしてみせるエリザ。

その頬は少しばかり紅く染まっており……ちょっぴりだが、心臓がドキリと高鳴った。

「……デレデレしてんじゃないわよ」

肘で脇腹を突《つつ》いてくるソフィア。苦笑する俺。

そんな我々の前で。

「しかし、どうにも妙だな」

呟《つぶや》きつつ、エリザが台座を操作する。

どうやら非表示にしておいたパラメーターを再表示したらしい。

「ふぅ～む。見間違いかと思っていたのだが」

虚空に浮かぶ板面を眺めつつ、顎に手を当てるエリザ。

そんな彼女へ、「どうかしたのか」と声をかける直前。

「オズ殿」

先んじて口を開いた後、彼女はこちらへと歩み寄り――

「失礼する」

俺の手をガシッと摑《つか》んでから、すぐ。

それを躊躇《ためら》うことなく、自らの乳房へと押し当てた。

もにゅっ♥

以前と同様、真正面から鷲摑《わしづか》みにする形。

あまりにもいきなりな行為に、俺とソフィアは瞠目《どうもく》せざるを得なかった。

「な、なな」

「なに、を……!?」

こちらの疑問に対しエリザは滔々《とうとう》と受け答えた。

「揉《も》めばわかる。ゆえにオズ殿、わたしの乳房を揉みまくっていただきたい」

意味がわからん。

そんな目でエリザを見て、それから、ソフィアへと視線を移す。

彼女の瞳はこう述べていた。とりあえず、やってみたら？　と。

幼馴染《おさななじ》みの許可を得た結果、胸中には現状に対する好奇心と……

鷲掴みにした褐色おっぱいに対する欲望のみが、残った。

「じゃ、じゃあ……やるぞ」

「うむ。遠慮せず、思い切りやってくだされ」

その要望に応えるべく、俺は最初から全力で乳を揉み始めた。

ぐむにゅっ♥　ぎにゅっ♥　ぎゅむむむっ♥

爆乳全体を強く握り締めるように、捏《こ》ね回《まわ》していく。

やはりエリザのそれは揉み心地が最高だった。

ソフィアの乳はたとえるならスライムおっぱいといったモノで、別にそれがイヤというわけではないのだが……俺の手には少々、柔らかすぎる。

反面、エリザの褐色おっぱいは結構な弾力があるため、実に揉み甲斐《がい》があるのだ。

そういう意味において、俺とエリザは相性抜群であると言えよう。

「んんっ♥　そう、そんな感じ、でっ……♥　お上手、ですぞ、大賢者殿っ……♥」

かなり乱暴に揉んでいるのだが、しかしエリザは尻尾を振って、嬉《うれ》しそうに微笑《ほほえ》んでいる。そんな美貌に発情の色が混ざり始めた頃――

彼女の体表を走る刻印が、発光し始めた。

「んっ♥　ふっ♥　くぅっ♥」

こちらの乳揉みに合わせて、甘い吐息を漏らしながら、獣耳と肩を震わせるエリザ。

もにっ♥　もにっ♥　もにっ♥

ぐみゅんっ♥　ぐみゅんっ♥　ぐみゅんっ♥

ぎにゅうううううううううっ♥

相手への気遣いをあえて無視した荒々しい所作。

それはやがてエリザを極限へと導き、

「ん、きゅううううううううっ♥」

絶頂に達したのか、全身をビクビクと痙攣《けいれん》させながら、奇声を放つ。

その瞬間、刻印の発光が一段と強くなった。

「ふっ♥　うっ♥　……はにゃあ♥」

舌を「でろん」とまろび出しながら、エリザが後方へと倒れ込んでいった。

その体を慌てて抱き留めながら、俺は彼女へ問いを投げる。

「いったい、何が目的だったんだ？」

「フゥ～ッ……♥　フゥ～ッ……♥」

未《いま》だ「びくんっ♥　びくんっ♥」と小刻みに絶頂しつつ、彼女は必死に指を動かし……

パラメーターを指した。

「……えっ、マジで？」

何かに気付いた様子のソフィア。その視線を追うことで、俺もエリザの意図が摑めた。

「パラメーターが……変化してる、よな？」

さっき表示されていた数値ではない。明らかに上昇している。それも、全項目が。

「さっきの戦闘によるものでは、ないよな？」

「う、うん。あんな程度のことじゃ、ぜんぜん上がらないわよ」

「となれば、つまり……」

「そ、そういうことに、なるわよ、ね」

なんか気まずい。

それも無理からぬことだろう。我が身には彼女等《かのじょら》を強くする力が秘められている、というだけならば、まったくそんな気持ちにはならなかった。しかし……

「胸を触ったら強く出来るってのは、なんだか、なぁ……」

複雑な感情を込めながらの呟きに、そのとき、ソフィアが反応を示す。

「いや。多分だけど、おっぱいに限った話じゃないと思う」

「えっ？」

「よく思い返してみると……あたしのパラメーターも前に比べて、けっこう上がってるのよね。それで、なんだけど……」

もじもじと恥ずかしそうに内股を擦《こす》り合わせながら、ソフィアは言い続けた。

「夜とかに、さ。そのぉ～……するじゃ、ない？　色々と」

「う、うん」

彼女の言う通り、俺は夜ごと、ソフィアを相手にそういうことをしている。

が、キスはしてないし、それ以上の行為にも及んではいない。

……まぁ、それはさておいて。

「そのときも光ってたわよ、ね？　あたしの刻印」

「た、確かに」

「ってことはさ。たぶん、なんだけど……えっちなことをして刻印が光ったら、皆が強くなれるんだと、思う」

なんか余計気まずくなったんだけど。

ていうかあのピカピカ光るやつ、そんな意味があったのかよ。

「「…………」」

互いに何も言えなくなる。その一方、エリザはようやっと気を落ち着かせたようで。

「これは実に！　実に素晴らしい発見ですぞ、大賢者殿！　懸念《けねん》されていた要素の一つ！　戦力の質がこれで大きく改善される！　あぁオズ殿！　やはり貴殿は我等が救世主っ！　このエリザ、とことん惚《ほ》れ込みましたぞっ！」

感極まった調子でハグしてくる。

筋肉質だが柔軟性に富み、ほんのりと汗の臭いがする褐色肌。

それは実に健全で、だからこそ、体の一部が反応しそうになる。

そうした生理現象をどうにか抑え込んでいると……

「オズ殿。以前にも申し上げた通り、貴殿には欲望のままに動いていただきたい」

エリザが耳元で囁《ささや》いてきた。

「記憶を取り戻すだけならば、これまで通りでも問題はありませぬ。しかしながら、貴殿の肉欲が皆の強化に繋《つな》がるとなれば」

彼女はそこで言葉を止めたが……皆まで言わずともわかる。もっと積極的になれと、そう言いたいのだろう。そんな彼女に対し、俺が出した答えは、

「努力は、する」

「……ふっ。初心《うぶ》な御方だ」

妙に色っぽい声音で囁いてから、ぺろりと頬を舐《な》めてくる。

思わぬ行為に、ドキリと胸が高鳴った。

「むぅ……！　デ、デレデレしてんじゃないわよっ！」

ぷりぷりと怒るソフィア。

エリザは彼女の様子に「くすり」と笑みを零《こぼ》してから、身を離し、

「……貴殿の特別な力さえあれば」

不意に、真剣な面持ちとなって、言葉を紡《つむ》ぐ。

「オズ殿。話しておくべきことがある。此度《こたび》の任務に関するものだ」

少し前、あえて秘匿した内容について、話し始めた。

「ソフィアともう一人、同行者を付けると述べたこと、覚えておいでか？」

「あぁ」

「あいつは……仇討《あだう》ちを、願っておるのです」

「仇討ち？」

オウム返しに問い尋ねると、エリザは一つ頷《うなず》いて、

「奪還していただく土地にはかつて、数多くの《戦乙女《ヴァルキリー》》達が駐屯しておりました。しかしながら、《眷属《けんぞく》》達の襲撃に遭ったことで……その半数が、命を落とした」

エリザは言う。同行者は唯一の生存者であり、だからこそ、仲間の仇討ちを強く願っているのだと。それ自体は理解出来る話だ。同情だって出来るし、叶《かな》えてやりたいとも思う。

……だが。

「あいつは第七世代の《戦乙女《ヴァルキリー》》。つまりは戦力外ということになる」

エリザは獣耳をしゅんっと伏せながら、自らの感情を吐露し始めた。

「正直に白状いたしますと……わたしは出発の直前まで、あいつの情報を隠し通すつもりでした。そうすれば、貴殿は断れなくなるだろう、と」

彼女自身、それが間違いであることを自覚しているのだろう。

重要な任務に足手纏《あしでまと》いを同行させるというのは、どのような観点から見ても愚策以外の

なにものでもない。合理的に考えれば、この場にてエリザの考えを却下すべきであろう。

しかし。

「俺は合理性のみを重視する冷血漢だと、そんなふうに伝わっているのかな？」

苦笑しながら、俺はエリザへと言葉を投げた。

「事前に知らされようが、知らされまいが、その子の同行を断ったりはしないよ。合理性を重視して、人の心を軽視するようになったら……それはもう人でなしだ」

俺はそんなふうになるつもりはない。

そうハッキリと断言してみせると、エリザは嬉しそうに微笑んで、

「惚れ直しましたぞ、大賢者殿」

……と、ここまでは良かったのだが。

「当初は貴殿に守護してもらいつつ、仇討ちの様相を見せる、というのが狙いだった。しかし、ともすれば……自らの手で、仇《かたき》を討てるやもしれん」

「えっと。それはつまり」

「左様。貴殿の御力で、あいつを強化していただきたい。そのためにも――」

そして。エリザは自らの考えを包み隠すことなく、ストレートに言い放った。

「――貴殿の肉欲、その全てを、ぶちまけてくだされ」

第四話　元・底辺村人、哀れな同胞を救う

我が身に宿る特殊な力。それが判明した翌日、簡単な連携の訓練を実行したうえで、我々は任務に臨むこととなった。

奪還目標である森林地帯の近くには簡易的な拠点が存在していたという。

そこには非戦闘員である第七世代の《戦乙女《ヴァルキリー》》達を駐屯させ、食事に必要な素材の採取と加工を任せていたとか。しかしながら現在、件《くだん》の土地を奪われると同時に簡易拠点もまた襲撃を受け……駐屯していた者達の半数が犠牲になった。

俺達はまずそこへ足を運び、内部に蔓延《はびこ》っていた《眷属》共を一掃。

簡易拠点を奪い返し、とりあえずの宿所として使うことにした。

拠点内の施設は大半が損壊しておらず、森林地帯を奪還したならすぐにでも食事の生産を再開出来るだろう。《眷属》は基本的に無駄な破壊活動を行わぬため、ここに駐屯していた《戦乙女《ヴァルキリー》》達が壊滅したその時点から状態が変化していなかったのだと思われる。

……さて。

時刻が夜半を迎えた頃、俺は施設の浴場へと足を踏み入れた。エリザ達の拠点ほどの広さはないが、駐屯していた《戦乙女《ヴァルキリー》》達の数を思えば十分なサイズであろう。

「ふぅ……旅の疲れが、溶け消えていくよう、だな……」

息を唸《うな》らせながら、俺はここに至るまでの道中を思い返した。

「《眷属》と出くわしたりとか、そういうのはなんとか、慣れたんだけど……」

脳裏に一人の少女が思い浮かぶ。

ソフィア以外の同行者。仇討ちを強く願う彼女はこの三日間、実に貪欲だった。

主にエロい意味で。

「エリザは積極的になれって言ってたけど……その必要もないぐらい、だな」

受け身の自分としてはありがたい話だが、一方で、問題もある。

「積極的なのはいいんだけど……怖いんだよなぁ、あの子……」

彼女は俺のことを嫌っている。

ゆえに行為の最中、こちらを思い切り睨《ね》め付《つ》けてくるのだ。

それでも体の方はしっかりと快感を覚えているようで、嬌声《きょうせい》を噛《か》み殺《ころ》す様は実に扇情的……ではあるんだけど。

悔しげな顔をして、射殺すような視線を向けてくる彼女は、エロいと同時に怖い。

だから彼女との行為は、なんとも複雑な気分になる。

「この仕事が終わるまでの辛抱、か」

嘆息しつつ、俺は浴槽から出て、体を洗うために壁際《かべぎわ》へ。そこには石鹸《せっけん》や布などが配置された棚が設けられていて、その上部には傘に似た装置が取り付けられている。

石鹸と布で体を清めた後は、この装置に魔力を注いで湯を流し、泡を落とす。

現代ではそういった様式となっているようだ。

「記憶にあるそれとは、全然違うな」

時代の変遷を感じつつ、俺は石鹸を――

「失礼します。大賢者様」

――石鹸を取ろうとした、直前。一人の少女が浴場に入ってきた。

シャロンである。エリザに「よろしく頼む」と任された相手であり、この道中、主に性的な意味でこちらを悩ませてきた、黒髪の美少女。そんな彼女にドギマギしながら、

「ど、どうした、の……」

おそるおそるそちらへ目をやると同時に、俺は唖然《あぜん》となった。

素《す》っ裸《ぱだか》である。

シャロンは今、何も身に着けてはいない。

純白の柔肌とスレンダーな体を、生まれたままの状態でこちらへと晒《さら》している。

「～～～っ」

慌てて前を向き、視界から彼女の姿を追いやった。

危ない。こちらとて丸裸だ。そんな有様《ありさま》でシャロンのような美少女の裸など凝視しようものなら……ただでさえ見苦しいモノが、余計に見苦しくなってしまう。

「な、なにをしに、来たのかな」

内心では理解していたのだが、それでも問いかけずにはいられなかった。

そんな俺に対しシャロンは芝居がかって感じるほど、淡々とした調子で、

「お背中を、流させていただきます」

こちらに拒否権はない。言外にそんな意思が含まれているように思えた。

そしてシャロンはつかつかと近付いてきて、俺の背中越しに石鹸を手に取ったのだが。

「あの……布は？」

「……黙っててください」

羞恥と苛立《いらだ》ちが宿った声で、ぴしゃりと言い放つ。

それから彼女は少しの時間、俺を放置した後。

「では、失礼します」

宣言と同時に。

ふにゅっ♥

背中に心地のよい柔らかさと、温かさ、そして泡の感覚が伝わってきた。

これは、まさか。

「んっ……ふっ……」

円運動を重ねていく、心地のよい感触。

それに合わせるような形で、シャロンの口から吐息が漏れ続けた。

「んっ……んっ……」

背後を向かなくてもわかる。

彼女は今、自らの肉体で以《もっ》て、こちらの背中を洗っているのだ。

「っ……」

ふよん♥　ふよん♥

むにっ♥　むにっ♥

ソフィアやエリザと比較したなら、極めて小ぶりなシャロンのおっぱい。

しかしそれでも、こんなふうに密着すれば、その肉感は十分に堪能《たんのう》出来る。

「ふぅっ……ふぅっ……」

耳元にかかる吐息もたまらない。

彼女のそれはソフィアやエリザと違って、こちらへの好意など微塵《みじん》も感じさせぬものだった。それどころかむしろ、シャロンはどこか俺に対して刺々《とげとげ》しいとすら思う。

そんな女の子が羞恥心を押し殺し、嫌々ながらも奉仕をしている。

興奮しない方がおかしいというものだ。

「んっ……んぅっ……」

シャロンの吐息にも、次第に色情の気配が含まれ始めた。

心は嫌がっていても体はしっかりと反応している。そんな様子を直接見ることが出来ないという状況がまた、イマジネーションを強く掻《か》き立《た》ててきて……実に、ムラムラする。

見苦しいアイツを抑え込めているのが奇跡に感じられた。

「ふぅっ……くぅっ……んんっ……」

息遣いが荒くなるにつれて、体を押し付ける動作も激しさを増していく。

感じたくなくとも勝手にそうなってしまうというシャロンの苦悩を思うと、こちらもまた興奮度合いが高まっていき――

そのとき。

ズキリと、頭が痛んだ。

『《眷属《けんぞく》》とは、人間を機械へと変じさせ、尖兵《せんぺい》に仕立てたものだ』

白い壁。部屋の中央。台座に載った、《眷属》の亡骸《なきがら》。開かれた腹部。

そして——白いモヤに覆われた、謎の人物。

『機械、か。こちらの世界には存在しない概念だな』

『そうだね。おそらくは魔力の有無が道を分けたのだと思う。僕達の世界にはそれがなく、代わりに電気エネルギーが主な動力源として知られていた。だからこそ科学という概念が発展したわけだけど、こっちにはそうした道程を刻む下地がない』

『ともあれ。奴等《やつら》を攻略するには、その科学というものを学ぶ必要があるな』

期待を込めた視線を送る、と。

『教授することを惜しむつもりはないよ。ただ、とてつもなく膨大な知識だ。常人なら吸収するのに一〇年はかかるだろうね。……もっとも、君なら一年も必要ないだろうけど』

腕を組みながら、彼、あるいは彼女がポツリと呟《つぶや》く。

『さっさと戦争を終わらせておくれよ、大賢者。このままだと僕は——』

ここで、映像が途切れた。

意識が元の世界へと戻ってくる。

思い出した情報は……既に皆が知っている内容であるため、重大なものではまったくない。

今回の記憶修復は、ハズレ引きだったか。

と、そんなふうに結論付けてから、すぐ。

「ふっ、くっ……んぅうううううっ……！」

噛み殺したような嬌声が、シャロンの口から放たれた。

いけない。

そう思いつつ振り返ると、後方へ倒れそうになっている彼女の姿があって。

「シャロン！」

ギリギリのタイミングで彼女の体を抱き留める。

見える範囲が全て泡塗《あわまみ》れになっていたのは、まさに不幸中の幸いというやつか。

「はぁっ……はぁっ……はぁっ……」

凄《すさ》まじい疲労感を味わっているのだろう。

呼吸の荒さはもはや病的と表すべきレベル、だったのだが。

「つ、次、は……前、を……」

彼女はまだ、やるつもりだった。

欲望のためではない。力を獲得するためだ。

自らの目的……仇討《あだう》ちを、成し遂げるために。

「やめろ、シャロン」

「で、も」

「さっきのでもう四回目だ。これ以上は君の体がもたない」

強化行為《ブレイ》に及んだ場合、例外なく凄まじい疲労が襲い掛かってくる。ゆえにソフィアやエリザのように体力が豊富な者達であっても、強化行為《ブレイ》は日に五回が限度。

一方、シャロンは第七世代であるためそれほどの体力はない。

よって日に二回を限度とすべき、なのだが。

「私の性能も、上がって、ます。だから、まだ、いける、かと」

事実ではある。

ただの第七世代なら二回が限度。しかしシャロンはここへ至るまでの道中、毎日欠かさず強化行為《ブレイ》をせがんできた。だからきっと、回数の限界値も向上しているに違いない。

だがそうはいっても。

「五回目の行為は認められない。君の能力がそこまで成長しているとは思えないし、そも

そも明日は任務の決行日だ。それなのに体を壊すようなことをしたなら……シャロン、俺達は君を、ここに置いていくことになる」

「っ……！」

「君は、親友の仇《かたき》を討つためにここへ来たんだろう？　その熱意がどれほどのものかは十分に理解出来る。何せ力を得るには、嫌いな男と体を合わせなきゃいけないんだからな。

……そんな苦痛に耐え忍んできた君を、俺は心から尊敬してるんだ」

相手の立場になって考えてみると、本当に気持ちが悪くなる。

強くなるためとはいえ、嫌な相手とそういうことをするだなんて。

しかしシャロンはそれを選んだのだ。仲間の無念を、晴らすために。

「頼むよシャロン。俺は君に仇を討ってもらいたい。そのためにも今日はここまでにして、体調を万全に整えてくれ」

こちらの想《おも》いが通じたのか、彼女は唇を噛《か》みながらも、ゆっくりと頷《うなず》いた。

「ありがとう」

「……いえ」

そっぽを向くシャロン。

彼女を抱き留めたまま、俺は流湯装置に魔力を注ぎ、自分と彼女の体から泡を流す。

そうして半目となり、ほとんど相手の姿が確認出来ない程度の状態になると。

「少しだけ、我慢してくれ」

「えっ」

ひょいっとシャロンの体を抱きかかえ、立ち上がる。

所謂《いわゆる》お姫様だっこの形。そうして俺は浴場をあとにすべく歩き始めた。

「じ、自分で、歩けます」

「無理だな。いつも行為が終わった後は自力で立つのも難しくなるだろ」

「で、でも」

「だから我慢してくれと言ったんだ。嫌いな男に抱きかかえられるのはイヤだろうけど、君を放置するわけにもいかないからな」

「…………」

沈黙するシャロン。彼女が今どんな顔をしているのかは確認出来ないし、すべきではない。なにせ見た瞬間、そのみずみずしい裸体まで目に入ってくるのだから。

「……別に」

「ん？」

「別に…………あなたのこと、嫌いとか、思ってませんから」

顔が見たい。

そんな衝動を、俺は必死に抑え続けたのだった。

疲労困憊《ひろうこんぱい》のシャロンを部屋へと運び、ベッドに寝転がらせた後。

俺は自室へと戻り、ソフィアの出迎えを受けた。

「なんか、遅かったわね?」

「あぁ。シャロンが、ちょっと、な」

「……そっか」

咎《とが》めるようなことはしなかった。ソフィアとて、彼女の感情が理解出来るのだろう。

「あの子……目的を、果たせるかしら」

「可能性は十分あると思う。君ほどではないけど、それでも十分に強くなってるからな」

言い合いながら、俺達は彼女のことを想った。

シャロンはかつて、この駐屯地に配属されていたという。当時は仲間達に囲まれ、やりがいのある仕事に従事する日々を誇らしく思っていたと、彼女はそう語っていた。

そんなシャロンから、何もかもを奪った者が居る。

ここ一帯の《眷属》を支配する上位個体。

便宜上、フレア・パニッシャーと名付けられたそいつを倒せば、土地の奪還任務は完遂となる。上位個体が死んだ瞬間、支配下にある下位個体は総じて機能を停止するからだ。

それは同時に、シャロンを精神的な苦痛から解放することにも繋《つな》がる。

「……あたし達も、もう寝ましょ」

「あぁ。睡眠不足は身体的なパフォーマンスを著しく低下させるからな」

普段であればスキンシップを兼ねた強化行為《プレイ》に及ぶところだが、明日のことを思えば、それは遠慮すべきであろう。

だから俺達はいつものようにベッドへと寝転がり、抱き合いながら瞼《まぶた》を閉じた。

そうしていると……やはり、こちらの感情が伝わってしまったようで。

「……ねぇ、オズ。大丈夫？」

「……あぁ、大丈夫だよ。臆病風に吹かれるのはいつものことだ。問題はない」

戦いに臨む前日はいつだって、激しい胃痛に襲われる。

今もそうだ。上位個体とはいえ所詮は《眷属》。こちらの脅威にはならないと、そう考えていてもなお……戦うのは、やはり恐《こわ》い。

「ほんっと、仕方ないわね」

クスリと笑ってから、ソフィアは俺の頭を抱いて、自らの胸元へ引き寄せた。

柔らかく、そして、温かい。
けれどもこの抱擁は、毎晩のように行う淫靡《いんび》なそれではなかった。
「大丈夫よ、オズ。あんたにはあたしが付いてるんだから」
優しい手つきでこちらの頭を撫《な》でてくる。
そんな彼女はまるで、慈愛に満ちた母のようだった。
「…………」
黙したまま、俺はより深く、ソフィアの胸に顔を埋《うず》めていく。
心地のよい柔らかさと温かさ。甘やかな匂い。
それらを感じていると、心の中にある怯《おび》えが、ゆっくりと解消されていく。
「安心なさい、オズ。あんたはあたしが守る。恐れることなんてありゃしないわ」
優しい声音で囁《ささや》くソフィアに、俺は感謝の想いを抱く……一方で。
一つの疑問が芽生えた。
このままでいいのか、と。こんなふうに、彼女の存在に甘えたままで、いいのか、と。
……当然、よかろうはずもない。
けれども、俺にはまだ、その言葉を口にするような資格がない。
自らの弱さを克服出来ていない今、そうしたところで説得力など皆無だろう。

けれど、いつか。

いつか、言えるようになりたい。

俺が、君を――


その瞬間が訪れることを願いながら。

俺は、意識を手放すのだった。

◇◆◇

健康面が万全であることを確認した後、我々は現地へと足を延ばした。

生い茂った緑を踏破しつつ、進行していく。

土地の奪還にはここを支配する上位個体の討伐が必要だ。

そのためには当然、相手方を発見せねばならない。

とはいえ、この森林地帯は広大である。当てずっぽうに探し回っても時間の無駄だ。

ゆえに奴等《やつら》の生態を利用することにした。

上位《眷属《けんぞく》》は自らが支配する下位個体の数や状態を常に把握している。

配下達の数がどんどんと減っていき、劣勢となったなら、人間であれば逃げ出すだろう。

だが奴等はその真逆。上位個体は脅威を排除すべく、自ら相手のもとへと向かう。

要するに、目に入った《眷属》全てを粉砕して進めば、いずれ敵の方からこっちに来てくれるというわけだ。

そういうわけで。

俺達は森林に足を踏み入れてから今に至るまで、暴れに暴れ続けていた。

「りゃあっ！」

《霊装》を出すこともなく、素手で下位の《眷属》を叩《たた》き壊《こわ》すソフィア。

彼女が討ち漏らした個体は、俺が魔法で消し飛ばす。

そして。

「たぁっ！」

シャロンもまた、奮闘を見せていた。

その手には鉄槌《てっつい》型の《霊装》が握られている。

《霊装》は全ての《戦乙女《ヴァルキリー》》に支給されているのだが……高い性能のそれは生産コストも嵩《かさ》むため、一握りのエリートにしか行き渡らない。

第五世代以降の《戦乙女《ヴァルキリー》》達は実質的な戦力外として見なされるため、支給される《霊装》も最低レベルの性能となる。

シャロンのそれもまた、ないよりかはマシという程度の武器に過ぎないのだが。

「こ、のぉっ！」

最下級の《霊装》で、彼女は次々に《眷属》達を仕留めていた。その姿は立派な戦士のそれであり、とてもではないが戦力外の烙印《らくいん》を押されているとは思えない。

「はぁっ！」

振るわれしハンマーが《眷属》を撲殺する。

ひしゃげた頭から奇怪な断末魔の叫びを上げる怪物。アレもまた、元々は…………いや、やめておこう。そんな事実を思い浮かべたところで、気が滅入《めい》るだけだ。

「調子いいみたいね、シャロンっ！」

「はいっ！　大賢者様のおかげですっ！　ソフィア姉様っ！」

彼女の顔には昂揚《こうよう》感だけがある。

自らの強さに対する自負が、シャロンから不安や恐怖を取り除いているのだろう。

それ自体は特に問題視すべきことでもないのだが……彼女の成長具合はどうにも、行きすぎているように思えてならない。確かに毎日強化行為《ブレイ》に及んではいたが、それにしたって、こんな短期間でここまで強くなれるものだろうか？

「世代によってパラメーターの上昇値が変動すると考えれば……いや、あるいは……」

あれこれと思索を続けつつも、周囲への警戒を怠ることはない。

視界に映る全てを観察しつづけ、状況の変化に対して備える。

けれども俺達の進行はあまりにも万事順調で……どうしても警戒心が緩んでいく。

気付けば俺は、二人の姿に対して、緊張感のない見方をするようになっていた。

「りゃあっ！」

素手で《眷属》を圧倒するソフィア。拳を繰り出す度に爆乳が「だぷんっ♥」と激しく上下し、蹴りを放った瞬間、尻たぶが「ぶるんっ♥」と振動する。

「たぁっ！」

鉄槌を振り下ろし、《眷属》を叩き潰すシャロン。

彼女はソフィアと比べたなら凹凸が目立たない、スレンダーな体型である。

しかしやや小ぶりな乳房は、それでも「ぷるんっ♥　ぷるんっ♥」と揺れて自己を主張しており……エロスを感じずにはいられなかった。

「ふう」

「少し休憩する？」

「いえ、問題ありません」

両者の扇情的な肉体に浮かぶ、玉のような汗。それがドスケベ具合に拍車を掛けているように思えて…………って、何を考えてんだ、俺は。

さすがにちょっと気を抜きすぎか。ここは無理やりにでも引き締めねば。

と、そのように考えた瞬間。


——悪寒《おかん》が背筋を走る。


これは強敵の来訪を示すものだ。

「前方から何かが接近している。おそらくは、件《くだん》の《眷属》だろう」

「はんっ！　やっとおでましってわけねっ！」

「…………！」

悠然とした調子を崩さないソフィアと、複雑な情念を美貌に宿すシャロン。

そして。

「——GRUAAAAAAAAAAAAAッ！」

雄叫《おたけ》びと共に、樹木を薙《な》ぎ倒《たお》しながら、大型の《眷属》が姿を現した。

「まるでミノタウロスだな」

牛のそれに似た頭部。隆々とした鋼の体。その表面を走る無数の管状の物体。

金属によって構成された巨大な体軀《たいく》に、俺は威圧感を覚えたが、

「行くわよ、シャロン！」

「はいっ、姉様！」

両者は恐れることなく踏み込んだ。

「ビビってる場合じゃないな……！」

一歩引いた場所で、注意深く戦況を観察する。

上位個体と思《おぼ》しき《眷属》と二人の《戦乙女《ヴァルキリー》》。機先を制したのは後者であった。

「とりゃあっ！」

「はぁっ！」

自らの《霊装》を用いて、攻勢に打って出る。ソフィアの勇猛は当然のこととして……称賛すべきはやはり、シャロンか。少しばかり気負ってはいるが、怒りに呑《の》まれた様子はない。この分なら彼女の精神状態を不安視する必要はないだろう。

俺は状況を注視し続けた。

肉迫するソフィアとシャロン。躍動する《霊装》。これに対し、敵方は、

「RUAAAAAAAA！」

雄叫びと共に、自らの能力を披露してみせた。

ブォンッという轟音《ごうおん》と共に管状器官の先端部から灼熱《しゃくねつ》が放出され——

その巨体が一瞬にして、二人の背後へと移動する。

「ちぃっ！」

「くっ！」

ソフィアの反応は素早いものだったが、シャロンのそれは紙一重。

いずれにせよ両者はその場から弾《はじ》かれたように跳んで、敵方の打撃を回避する。

「速い、わねッ……！」

「はい、姉様……！　このスピードのせいで、皆は……！」

過去を思い返してしまったか、シャロンの表情に黒い熱量が宿り始めた。

「予定変更、だな」

相手方の力量と状況次第では、サポートに回るつもりだった。

二人を援護し、最終的にはシャロンにトドメを刺させる。そうしたなら彼女は過去と決別し、前を向いて歩いて行けるのではないかと思っていた。

しかし相手方の戦力を把握した結果、それは難しいという結論に至る。

「あまり出しゃばりたくはないが」

奴《やつ》の力はソフィアを上回るようなものじゃない。よって二人が敗北することはないし、命の危険に陥ることもないだろう。

だが、かなり長引きはする。そうなると最悪、予期せぬ事故が起きることもあるのだ。

それを防ぐためにも……俺は離れた場所に立ちつつ、魔法を発動した。

瞬間、右手の指輪が強い煌《きら》めきを放つ。

いかにも大技を発動したかのような雰囲気、ではあるが、しかし実際のところは真逆。

まったく以《もっ》て、たいしたものではない。

爆炎だとか、暴風だとか、そんな派手な攻撃魔法など、必要ないのだ。

「……ジェット・エンジン、だったかな」

俺は呟《つぶや》きながら、奴の背部へと目をやった。

フレア・パニッシャーの高速移動はひとえに、あの装置によるものだろう。

高速回転するタービンが空気を取り込み、吸引した酸素を圧縮。それを内部の燃料と反応させ、熱エネルギーを生じさせることによって、凄《すさ》まじい推進力を得る。

そうしたカラクリがわかっているのなら。敵方が有する力の根源を、知っていたのなら。

それを逆手にとることも可能となる。

「取り込んだ酸素が特殊なモノだった場合。具体的には、可燃性を含むモノだった場合」

結論はすぐに出た。

「GUOOO――」

雄叫びと共にタービンを高速回転させ、内蔵されているであろうジェット・エンジンを作動させようとする。

その瞬間、奴の体が大爆発を起こした。

「――」

声にならぬ叫びを上げるフレア・パニッシャー。

奴はもう、原形を留《とど》めてはいなかった。

バラバラになった全身が空から降り注いでくる。

「風の魔法を応用すれば、特定の空間に可燃性の気体《ガス》を生成することなど、造作もない」

目前にて、頭部と首回りだけの状態となったフレア・パニッシャーが地面に衝突。

自らを討ち取った相手に対し、奴は何事も放つことはなかった。

完全なる沈黙。

それは俺達の勝利を証拠付けるものであると同時に、任務完了の証《あかし》でもあった。

「やったわね、オズ！」

ソフィアが満面に笑みを浮かべながら駆け寄ってくる。

「でも、どうやって倒したの？　あいつ、いきなり爆発したけど」

「あぁ、それは」

おそらく理解は出来ないだろうと思いつつも、求められた説明を行う。

これに対しソフィアは得心したように手を叩《たた》き……あまりにも意外な言葉を放った。

「そっか！　内部に生じた熱エネルギーに引火させたのね！」

この返答には、瞠目《どうもく》せざるを得なかった。

「ソフィア、君、理解出来たのか？」

「と～ぜんよっ！　あんたが居なくなってから、ほんっとに長いこと勉強してたもの！」

そういえば、と、俺は思い至る。

「君が救ってくれたんだよな、石化した俺を」

「ん。まぁ、あたしだけの力ってわけじゃないけどね。あんたが文献や資料を残してくれなかったらヒントを得ることも出来なかったし、協力してくれた人達の力も大きかった」

「いや、それでも凄《すご》いことだよ」

石化してから復活に至るまでの時間は、こちらからすると一瞬の出来事でしかない。

だがソフィアにとっては途方もない年月であったろう。

「……苦労をかけてしまったな」

元来、彼女は勉学を嫌う人間だった。そんな不得意を覆《くつがえ》すために、どれだけの時間を費やしたのか。どれだけの熱意を燃やし続けたのか。想像しただけで、胸が熱くなる。

「別になんてことはなかったわ。オズのためなら、あたしはなんだって出来るもの」

俺は改めて、この幼馴染《おさななじ》みに強い感情を覚えた。

「ありがとう、ソフィア」

感謝を伝えた後、視線を別の方向へ移し……シャロンの様子を確認。

彼女はフレア・パニッシャーの残骸を前にして、感慨を噛《か》み締《し》めていた。

「皆……リゼ……大賢者様が、仇《かたき》を取ってくれたよ……」

肩を震わせながら一筋の涙を流す。

これで彼女が立ち直ってくれるといいのだが。

ともあれ。任務を終えた以上、ここに留まる必要は──

「────ッ！」

思考の最中、再び、悪寒が背筋を走った。

前回よりも遥《はる》かに強い。それは、つまり。

「二人ともッ！　警戒を解くなッ！　まだ終わってないッ！」

こちらの声に対し、戦闘経験豊富なソフィアは即座に身構えてみせた。

が、シャロンは怪訝《けげん》な表情をして、棒立ちのまま。

敵方からしてみれば良い的であろう。

「ちぃッ！」

防壁の魔法……いや、間に合わない。

俺は咄嗟《とっさ》に風の魔法を発動し、シャロンの華奢《きゃしゃ》な体躯を吹き飛ばした。

その瞬間、音が響く。

近しいものとしては、破裂音。それが連続しているかのような、奇怪な音。

取り戻した記憶の中に似たようなそれがある。

白いモヤに覆われた人物は、その武装をこう呼んでいた。

機関銃《マシンガン》、と。

「ッ……！」

俺とソフィアは無意識のうちに横へ跳び、大樹の陰へと身を隠すことで直撃を回避。

パパパパパパパパパ、と連続的な破裂音が鳴り響く中、目前にて、鬱蒼《うっそう》とした緑の光景が破壊されていく。

植物が破裂し、木々が倒れ、土煙が立ちこめる。

周囲の自然物をことごとく薙ぎ払い……新たな敵が、姿を現した。

「あ～あ、今ので仕留めたかったんスけどねぇ～」

《眷属《けんぞく》》の上位個体には言語を操るほど、高知能な個体も存在する。ゆえに相手方が喋《しゃべ》ったことについては特別、思うようなことはなかった。

「オズ、こいつが……！」

「あぁ、フレア・パニッシャーは、最上位個体ではなかった……！」

警戒心を極限以上に高めながら、敵の姿を確認する。

《眷属》の大半は鋼で構成された怪物といった外見をしているものだが、こいつはそこからして大きく異なる個体だった。

プラチナブロンドの美髪が特徴的な、ヒューマン族の少女。その全身を補強するかのように金属製のパーツが至る所に取り付けられている。

そんな彼女の、小麦色の肌には……

刻印が、刻み込まれていた。

「はぁ～。近接戦とかダルいなぁ～」

奴が気怠《けだる》げに呟いてからすぐ、両腕部が変異。

銃身の形をしていたそれらが刀身へ変わると同時に、奴は身構えながら一言。

「ま、斬り刻むのは好きっスけどねぇ～」

戦闘意思の発露。

来る。

高まる緊張。

そんなとき。

「うそ、でしょ……⁉」

やや離れた場所で、膝をつきながら、シャロンが呟いた。

「リゼ、なの……⁉」

幼い美貌に絶望が宿る。そんな姿を目にした瞬間、俺の脳裏に、あえて放棄し続けていた情報が、否応《いやおう》なしに浮かび上がってきた。


《眷属》とは人間を変異させ、尖兵《せんぺい》に仕立てたものである。

彼等《かれら》を元に戻す方法は、ない。


……かつてこの世界には、グールという魔物が存在していたという。

ひとりでに歩き、生者を襲う亡骸《なきがら》。

恐怖も痛みも感じることなく、頭部を破壊しない限り止まることはない。

そして奴等《やつら》に噛みつかれた者は、即座にグールへと変じてしまう。

《眷属》とは即《すなわ》ち、グールに近しい存在であった。

「リゼ……！　リゼ、だよね……!?」

汗を流しながら呼びかけるシャロン。

相手方はチラと彼女を目にして、

「お前は最後に殺してやるっス。ほっといても問題なさそうだし」

無情な言葉が返ってくる。

きっと二人は本当に親しい間柄だったのだろう。

しかし、もう、リゼという少女は居ない。

「やだ、よ……！　リゼ……！　どうして、こんな……！」

ポロポロと涙を零《こぼ》し、唇を震わせるシャロン。

そんな彼女に、思うところはある。だが……感傷に浸ることは、許されない。

「シャロンはもう戦えそうにないわね」

「……あぁ、そうだな」

「オズ。あたしとあんたで、やるわよ」

彼女は既に、自らの行動を決定している。

心を鬼にして、元・同胞の命を奪うのだと。

……リゼは《戦乙女《ヴァルキリー》》であって、人間ではない。だが、その違いを利用する形で元に戻す方法があるのなら、ソフィアはそれに縋《すが》り付《つ》いていたはずだ。

彼女は誰よりも、仲間思いの少女、なのだから。

「やるしか……ない」

一度《眷属》にされてしまったなら、その時点で終わり。人も《戦乙女《ヴァルキリー》》も関係ない。

俺はそのように解釈し……一呼吸すると同時に、覚悟を決めた。

その瞬間。

「んじゃ、行くっスよぉッ！」

踏み込んでくる。

これに対しソフィアもまた前進。

彼女が近接戦に応じ、俺が後方にて援護する形となった。

「りゃあッ！」

「シィッ！」

刃を交わらせる両者。金属同士の衝突音が響き渡る中、俺は戦況を注視した。

「……技量、スペック、共に互角か」

敵のベースとなったのはリゼという《戦乙女《ヴァルキリー》》である。

世代はおそらくシャロンと同様、第七世代あたりであろう。

彼女等《かのじょら》は非戦闘員であるが、しかしその基礎能力は常人の比ではない。

「《戦乙女《ヴァルキリー》》が《眷属》となった際の性能向上《スペックアップ》……！　脅威としか言いようがないな……！」

第七世代でさえ、原初にして最強であるソフィアに肉薄出来るのだ。上の世代がそうなってしまったらどんな怪物に変じるのか、想像もしたくない。

「リゼ……」

耳に入ったシャロンの悲痛をあえて受け流し、思索を巡らせていく。

奴《やつ》は今、大技が使えない状態にある。

もしそれが可能だったのなら、とっくに使用しているはずだ。

とはいえ、それは現状の話でしかない。あの機関銃《マシンガン》による掃射能力はクールダウンを終えると同時に、奴の手元へ返ってくるのだろう。

もしそうなった場合、極めて厄介なことになる。俺とソフィアは生還出来るかもしれないが……シャロンは対応出来ず、命を落とす可能性が高い。

そんな結末を防ぐためにも、短期決着に持ち込む必要がある。

「ステップ、ステップ、静止……」

動きを観察し、クセを読み取っていく。

そうしたインプットは速やかに完了。あとは不意を打つ形で攻撃魔法を直撃させ、それによって生じた隙をソフィアに突いてもらえば、その時点で片が付くだろう。

「今だッ……！」

絶好の機会。

魔法の発動——

その直前。

「うぅっ」

すすり泣くシャロンの声。

それが胸中に迷いを生じさせた。

殺していいのか？　本当に？

一瞬の躊躇《ちゅうちょ》。

だが敵方にとってそれは、十分な隙として映ったらしい。

「まず一つ」

離れた場所で近接戦を行いながらの、呟《つぶや》き声。

それを耳にすると同時に、俺は後方へと跳び退《しさ》った。

ほとんど無意識の行動だ。

敵の下半身から伸びる、尾に似た器官。それが地面に突き刺さっているのを確認したことで、俺は相手の狙いを脊髄反射で感じ取っていた。

地面から来る。

予感は次の瞬間、現実へと変わった。

ブレード状の先端が土を掻《か》き分《わ》けながら勢いよく突出。その速度は想定を遥《はる》かに超えたものであり……だから俺は、完全に回避することが出来なかった。

「くッ」

尾の先端がこちらの頬を一直線に斬り裂いてくる。

かなり深い。鮮血が派手に飛び散った。

「オズッ!?」

「チッ、惜しかったっスねぇ」

敵方に気を配りながら、俺はソフィアに目線で語った。問題はない、と。

実際、受けた傷は既に治癒の魔法で完治している。ゆえに先刻の一合で思うところがあるとするなら、鬼になりきれなかった自分への叱責、それだけのはず……だったのだが。

「はぁ。さっきので死んで、くれ、れ、ば………」

様子がおかしい。そう感じた瞬間、すぐ近くから異音が飛んでくる。

シュウウウウウウ……

それは、奴の尾から生じた音だった。

「融解、している、のか？」

金属製の尾がドロドロと溶けて、崩れゆこうとしている。よく観察してみると、融解の中心部には俺の血液が付着しており……まさか、と、そう思い至った直後。

「う、あ………あれ？　アタ、シ……どう、して……」

敵方に変化が見られた。

その瞳からは、先刻まで漲《みなぎ》っていた戦闘意思が微塵《みじん》も感じられない。

強い当惑だけが、そこにはある。

「っ……！　リゼっ⁉」

「シャ、ロン……？」

呼びかけに応えてから、すぐ。

「う、ぁ、あ……！」

頭を押さえ込み、そして。

「くぁッ！」

ブレード状の腕部で、自らの尾を切断。

「はぁ、はぁ……よくわかんねぇっスけど……とりあえず…………死ねぇッ！」

戻った。一人の《戦乙女《ヴァルキリー》》から、冷酷な《眷属《けんぞく》》へと。

だが、しかし。

「ほんの数秒間、彼女は確実に……！」

リゼになっていた。そこは間違いない。

なにゆえか。状況証拠からして……俺の血液が、なんらかの形で作用したと思われる。

「まさか、戻せるのか……？　《眷属》になってしまった相手を、元通りに……？」

少なくとも可能性はゼロじゃない。であれば、賭けを打つに値する。

「血液だ……！　それを彼女へ……！」

策を組み立てていく。シャロンとリゼ、二人をハッピーエンドに導くための、策を。

「……手が足りない、か」

何をすべきかは、すぐに導くことが出来た。

だが問題なのは、それを成すための手段。俺とソフィア、二人だけではダメだ。もう一人戦力が欲しい。つまりは……シャロンの参戦。これが必須条件だ。

俺は少し離れた場所に立つ彼女へと目をやり、言葉を送る。

「シャロン！　君の力が必要だ！」

「えっ……？」

「彼女を元に戻したい！　そのためには、君に戦ってもらう必要がある！」

親友を取り戻せるのなら、なんだって。

単純な思考回路の持ち主だったなら、そんなふうに奮起出来たのだろう。

だがシャロンは実に繊細で、複雑な心根の持ち主だった。

「わ、私じゃ……足を、引っ張るだけ、では……？」

戦うソフィアの姿を目にしながら、不安と恐怖を美貌に宿す。

仇討《あだう》ちの際には見せなかったそれの原因は間違いなく、リゼへの強い想《おも》いと……彼女を救えなかったという過去に対する、トラウマであろう。

「わ、私なんか……」

俯《うつむ》いてしまった彼女へ、俺は声を張り上げた。

「そのままでいいのか！　大切な人を守れなかった、許せない自分のままでいいのか！」

それはシャロンへの叱咤《しった》激励であると同時に、俺自身に対する叱責でもあった。

「いいか、シャロン。君と俺には一つ、共通点がある」

「大賢者様と、私に……？」

「あぁ。俺達は互いに……守りたい相手を、見殺しにしてるんだよ」

目を見開くシャロン。

彼女がリゼを守れなかったように、俺もまた、ソフィアを守ることが出来なかった。

そのときのことを思い出しながら、俺はシャロンへ呼びかける。

「これは俺達にとってのチャンスだ。過去の自分を超えて、許せない自分を打ち砕く。そのためにも……シャロン、俺と共に、一歩を踏み出してくれ」

「っ……！」

唇を噛《か》んで、彼女は逡巡《しゅんじゅん》する。

その脳裏にどのような思考が巡っているのか。

その心にどのような感情が迸《ほとばし》っているのか。

俺には十全に理解出来た。

「大賢者、様……私、は……！」

不安がある。恐怖がある。

しかし、それ以上に強い、願望がある。

「リゼを、助けたいっ！」

意を決したように目を見開いて、シャロンは力強く踏み込んだ。

鉄槌《てっつい》を構えるその姿に、もはや迷いはない。

彼女は稲妻のように大地を駆け抜け、そして。

「リゼェッ！」

叫びながら、手に持った得物を振るう。

その一撃に相手方は瞬時に反応し、

「チッ！　出しゃばんな、雑魚《ざこ》がッ！」

忌々《いまいま》しげに顔を歪《ゆが》め、シャロンへと斬撃を繰り出す。

猛烈な速度。しかしそのことごとくを躱《かわ》しながら、シャロンは叫んだ。

「絶対にッ！　救ってみせるッ！」

この意気に呼応するような形で、ソフィアは動作を鋭くさせながら、

「頼んだわよ、オズッ！」

シャロンと共に、リゼを攻め立てていく。

そうした状況を前にして……俺は、深呼吸を繰り返した。

「あの子が勇気を見せたんだ。俺もそれに、続かなくちゃな」

後は、覚悟を決めるだけだ。

「ふう……ふう……」

すべきことは決まっている。だがそのリスクを思うと、足踏みしてしまう自分が居た。

「はぁっ……はぁっ……」

死の予感が、凄《すさ》まじい恐怖をもたらす。

足が震え、そして……脳裏に映像がよぎる。

『動けなかった』

『俺は、彼女を』

大賢者だった頃。

ソフィアを見殺しにした、あのときの記憶が。あのときの、後悔が。

心に満ちた、その瞬間。

「ふぅッ……！」

俺は地面を蹴っていた。

激しく争う三者を瞳に映しながら、全力疾走。

もし戦闘に参加していたのが俺とソフィアだけだったなら、リゼはこちらに背面を見せるようなことはなかったろう。

ほとんど互角の状態で、常に俺を捕捉し続けていたはずだ。

そうなれば当然、奴《やつ》はこちらの接近を許さない。

よしんば近づけたとしても――

「らぁッ！」

こんなふうに刃を振るうことはなかったろう。

こちらの血液は奴にとって脅威そのもの。至近距離で俺に傷を付けたなら、噴き出たそれが付着する恐れがある。ゆえに近接攻撃は慎重になって然《しか》るべき……と、そういった考えが貫けないほど、ソフィアとシャロンはリゼを追い詰めていた。

「ッ……！」

しまった、と、リゼの顔に焦燥が浮かぶ。

咄嗟《とっさ》に刃を引こうとするが、もう遅い。俺は相手方の刀身に対し、あえて突き進み――

胴を深々と、刺された。

「がふっ」

腹部を襲う激痛。だが、俺の胸中は安堵《あんど》で満ちていた。

心臓を一突き。それだけが恐《こわ》かったのだ。

もしそうなったら俺の負け。すぐさま意識を失い、命を落としていただろう。

だが今、刃が刺さったのは腹部。痛いだけで、死ぬことはない。

そして。

「ぐがっ」

リゼの口から悲鳴が漏れる。

こちらの腹に突き刺さった刃から煙が噴き出て、溶解し始めたのだ。

「う、くっ」

身を離そうとするが、そうはいかない。

両サイドからソフィアとシャロンが突撃し、リゼの体を押さえつけた。

「ぐがぁッ！　離、せぇッ！」

暴れるリゼ。その腕力は相当なもので、二人の拘束は一〇秒と保《も》たなかったが……

しかし、問題はない。

既に行動は完了している。

俺は魔法を用いて自らの血流を操作。

大穴が空いた腹腔《ふっこう》を経由し、大量の血液を外部へと放った。

「あっ――」

拘束を振《ふ》り解《ほど》くと同時に、リゼの全身へ俺の血液が降り注ぐ。

その瞬間。

「ぎ、ぎゃあああああああああああああああああッッ！」

絶叫を上げながらもんどりを打つ。

その体からは煙が噴き出て、金属製のパーツがドロドロと融解。

地面を転がり、血液を拭い落とそうとするが、望み通りにはならない。

魔法でコントロールしたそれは、何をしたところで付着したままだ。

「ぎ、ぐ、が」

この調子で進行すれば。

そう思った矢先のことだった。

「ぐ、ぅ、うううううう……！」

頭を抱えながら立ち上がるリゼ。その小麦色の肌から金属質の何かが浮き上がり……次第にパーツを形成していく。

「体表に血液を塗布しても、決め手にはならないのか……！」

このままでは再生してしまう。そうなる前に手を打たねば。

けれども、現状を打破出来る手段など――いや、待てよ。

体表への塗布では弱いというのなら、あるいは。

「……すまない」

これから行うことへの罪悪感を口にしつつ、俺は悶《もだ》え苦しむリゼへと接近し、そして。

彼女の唇を、奪った。

「「「──っ⁉」」」

シャロン、ソフィア、そしてリゼ。三人の吃驚《びっくり》が同時に放たれる。

特にリゼからすれば、こちらの行いはあまりにも予想外なことだったのだろう。

超至近距離に大きく見開かれた彼女の瞳がある。

──好機。

その動揺は大きな隙となり、それゆえに……

こちらの舌を相手の口内へ侵入させるのは、至極簡単なことだった。

「んむぅっ⁉」

リゼからしてみれば、本当にわけがわからない状況だろう。

敵方がいきなり唇を奪い、あまつさえ、舌まで入れてきた。

まさに狂気の沙汰そのものだが……しかし次の瞬間、彼女は全てを理解したらしい。

こちらの狙いが、血液の粘膜吸収であることを。

「ん、くっ……！」

頭を離そうとするリゼ。

しかしその直前に後頭部をガッシリと掴《つか》み、行為を強制的に続行する。

そうしつつ……自らの血液を魔法で操作し、相手の口内へと送り込んだ。

「んむぅっ……!?　ん、くぅっ……！　ちゅっ……！」

唇同士の合間にて生じる、ねっとりとした水音。

そんな淫《みだ》らな調べを耳にしながら、俺はリゼを相手に吐息と唾液を交換し続けた。

「んぐっ……んっ……！」

全身をわなわなと震わせながら、こちらを射殺さんばかりに睨《ね》め付《つ》けるリゼ。そうしながら俺の舌を噛み千切らんと歯を動かすが……無駄なことだった。強化の魔法で頑強性を高めているし、こちらの血液によるものか、リゼの咬合力《こうごうりょく》は赤子のように弱々しい。

ゆえに、こちらのやりたい放題だった。

「ちゅっ……うっ……んぅっ……！」

魔法を用いた血液の経口摂取と粘膜吸収は、抜群の効果をもたらしたらしい。

先ほど顕現し始めていた金属は瞬《また》く間《ま》に溶け消え、新たに生じるような気配もない。

「んっ……んんっ……！」

気付けば、リゼの刻印が淡い煌《きら》めきを放ち始めた。

それを目にした瞬間、直感的に理解する。この選択は正解だった、と。

「んむぅっ……！」

キッと鋭く細めた瞳を涙で濡《ぬ》らすリゼ。

健気《けなげ》にもこちらの胸板をぽかぽかと叩《たた》いて抵抗を試みているが、なんの効果も成さない。

そんな弱々しい彼女の姿を前にして、俺は勝利を確信する。

その途端、胸中を支配していた緊張と不安が消え去り――

「ちゅ、くっ……！　ん、ちゅっ……！」

行為の最中、ふと思った。

今、俺はとんでもなくエロいことをしているのではないか、と。

「ちゅむっ……！　んぇろっ……！」

いたいけな小麦色の肌の美少女を無理やり捻《ね》じ伏せ、強制的に唇を奪い、舌を絡《から》ませる。

……客観的に見ると、とてつもなく背徳的な行為に感じてしまう。しかしこれはリゼという少女を救うための行いであって、決して肉欲に身を任せているわけではない。

……そのはず、なのだが。

「ん、くぅっ……！」

人間というのは誰しも、マゾヒズムとサディズム、両方を持ち合わせている。

ゆえに命のやり取りを終えた後、勝者が敗者に黒い欲望を抱くのは当然の成り行きだ。

それが原因か。こちらの拘束と強制ベロチュ～に対して、リゼが足掻《あが》こうとすればするほどに、ムラムラとした肉欲が高まっていく。

「ん、ちゅっ……！　く、むっ……！」

逃げようとする彼女の後頭部を掴む手に、必要以上の力が込められている。

それを自覚したことで、俺はある種の危機感を抱いた。

このままでは見苦しい姿を晒《さら》すハメになる、と。

「ん、ちゅっ……！　くっ……！」

リゼのぷっくらとした唇の感触を楽しみつつ、歯列を舐《な》め擦《こす》り、舌を絡ませる。

そうしていると特定の場所に対する血流が活発化し……

それが、見苦しい形に変化し始めた。

ヤバい。俺とリゼ、二人きりならまだしも、実際は見物人が二人居る。

ソフィア、シャロン。彼女等《かのじょら》の目にはどう映るだろうか。

小麦色の肌の美少女にベロチュ～を強要し、あまつさえ、種付けの準備を完了させた男。

……ダメだ。そんな姿は見せられない。決着を、急がねば。

そう判断すると同時に……俺は右手で、彼女の尻たぶを掴んだ。

もぎゅっ♥

柔らかく、それでいて弾力性に満ちた小麦色の尻肉。

その感触によって高まった肉欲をなんとか抑えつつ、臀部《でんぶ》をぐいっと横へ引っ張り……

魔法を用いることによって。

そこへ、こちらの体液を注ぎ込んだ。

「～～～っ⁉」

直腸吸収を促すと同時に、リゼがこれまで以上の反応を示す。

このまま上と下、両方を攻めれば、すぐにでも決着が付くだろう。

「んひぃんっ！　ん、くぅっ！　ん……ちゅむっ！」

猛攻に次ぐ猛攻。

獲物を貪る獣のように、荒々しいベロチュ～を行いつつ、リゼに体液を注ぎ込んでいく。

そうしていると。

「んぇあっ……♥　んぁんっ……♥　ん、ちゅうっ……♥」

《眷属《けんぞく》》から《戦乙女《ヴァルキリー》》へと戻る際に生じる苦悶《くもん》は、どうやら一定レベルを超えると強烈な快感へと変わるらしい。

びくんっ♥　びくんっ♥　びくんっ♥

小刻みに全身を痙攣《けいれん》させながら、リゼは性の悦《よろこ》びを享受し始めた。

「んちゅっ♥　ちゅっ♥　れちゅっ♥」

さっきまで胸板を叩き、抵抗の意を示していた両手を、こちらの首に絡ませて。

キッと睨《にら》みを利《き》かせていた瞳に、ハートマークを浮かべながら。

リゼは積極的に快楽を貪った。

「えろんっ♥　んぷっ♥　ちゅぷっ♥」

熱い吐息。

いやらしく絡み合う舌。

甘やかな唾液を交換することで生じる、官能的な水音。

……ヤバい。これは本当に、ヤバい。

リゼが積極的にこちらを受け入れるようになったことで、快感と興奮の性質が変わった。

嫌がる相手への強制的なベロチュ～から、恋人同士で行うようなベロチュ～への変化。

これは完全に想定外の事態であり、それゆえに、欲望の抑えが利《き》かない。あと数秒も続けたなら、ソフィアやシャロンにとてつもなく見苦しい姿を晒すハメになるだろう。

そんな未来を想像し、絶望感を味わう……最中。

「ぷぁっ……♥　んっ、んんっ……♥　んんんんんんんんんんんんんっ♥」

熱烈なキスと、体液の直腸吸収。それらがリゼを快楽の最終地点へと導き──

そのとき、小麦色の肌に走る刻印が強烈な煌めきを放った。

「んぁあああああああああ――――っ！」

ガクガクと、腰を小刻みに震わせるリゼ。

やがて刻印の輝きがゆっくりと弱まっていき、発光が完全に収まった、その瞬間。

彼女の五体が脱力する。

「ふぁっ……」

吐息のような喘《あえ》ぎ声を喉から漏らし、膝から崩れ落ちていくリゼ。

間に合った。

そのことに安堵《あんど》の情を覚えつつ、俺は倒れ込もうとするリゼの体を抱き留めた。

「オ、オズっ！」

「大賢者様っ！」

ソフィアとシャロンがこちらへと駆け寄り、リゼの様子を見た。彼女はまるで眠り姫のように目を瞑《つぶ》っていたが、しかしややあって、ゆっくりと瞼《まぶた》を開け始め――

それから当惑した様子で、口を開いた。

「え……？　ア、アタシ、どうして……？」

戻った。リゼは完全に、戻ったのだ。

《眷属》から、《戦乙女《ヴァルキリー》》へ。

「リゼェエエエエエエエエエエエッ！」

滂沱《ぼうだ》の涙を流しながら、シャロンが彼女へ飛び付いた。

「うわぁあああああああんっ！」

「シャ、ロン……？　ど、どういうこと、っスか……？」

抱擁を受けつつ、わけがわからないといった様子のリゼ。

そんな二人を見つめながら、俺はぽつりと呟《つぶや》いた。

「……よかった」

ぐらりと体が傾《かし》ぐ。地面へ、吸い込まれるように倒れていく。

そんな俺の半身を、そのとき、ソフィアが支えてくれた。

「……おつかれさま」

彼女の声音には少しばかり、棘《とげ》があった。

その原因はきっと。

「……人工呼吸みたいなもん、よね？　さっきのは」

自分以外の相手と唇を交わしたことで、ソフィアはヤキモチを妬《や》いたのだろう。

俺はすぐに首肯を返し、よく言葉を選んだうえで、口を開いた。

「緊急事態だったから、やむを得ず」

「……ん。だったら許す」

どうやら機嫌を直してくれたらしい。

ソフィアは声音を穏やかなものに変えて、

「もう大丈夫なの？」

「あぁ。出血死寸前まで陥ったが、即死しなければ何も問題ない」

「はは。あいっかわらずメチャクチャね」

「君にだけは言われたくないな」

全てに決着が付いた。そこに対する安堵と喜び、だけではない。

未来に対する大きな希望が、俺とソフィアの顔を明るくさせていた。

「今まで、《眷属》を元通りにする方法は何一つとしてなかった」

「でも、これからは違う。オズ、あんたが居れば」

「あぁ。様々な難題を、一気にクリア出来るかもしれない」

そのためにも早急に帰還し、自らの肉体を隅々まで研究せねば。

「さて。じゃあ――」

拠点へ帰還しよう、と、そう述べる直前。

「ＧＩ、Ａ、あ、う」

それは、完全なる想定外。

視界の片隅。ソフィアの、すぐ近く。

先程打ち倒した《眷属》……フレア・パニッシャーの頭部が、ピクリと動いた。

「ッ……！」

緩んでいた心が一気に緊張状態へと逆戻りする。

俺とソフィアは身構え、対象を油断なく睨み据えた。

何かしてくるとしても、不意を打たれなかった時点で、問題はない。

二秒、三秒。睥睨《へいげい》したまま時が進んだ、その末に。

「成長したようだな、大賢者よ」

フレア・パニッシャーの頭部から放たれた声。それは奴《やつ》自身のものではない。

操っているのだ。

さらなる、上位者が。

フレア・パニッシャーを介して、奴は俺に語りかけてくる。

「敗戦の苦渋は、記憶を失った今もなお魂に刻み込まれているのだろう。その痛みをバネに貴様は一皮剝《む》けてみせた。実に喜ばしいぞ、大賢者。……しかしながら」

一拍の間を空けて、奴は言い続けた。まるで試練を与えんとする師父のように。

「決断の際、貴様の心には僅かばかりの楽観があったはずだ。死のリスクはあるが、しかし、確定ではない。であればなんとかなるだろう、と。ゆえにこそ踏み出すことが出来たとも取れる。そこについては……次の課題ということにしておこうか」

一方的な言葉は、しかし、長く続くものではなかった。

「近い将来、見《まみ》えることとなろう。そのときが実に、楽しみだ」

弾むような声を響かせて以降、フレア・パニッシャーは完全に沈黙。

だが俺達はその場から一歩も動くことなく、奴の亡骸《なきがら》を見据えて、

「……オズ、今のは」

「あぁ、間違いない」

日夜、頻繁に見続けている悪夢。

その主。

大賢者であった頃の俺にとっては、宿敵の中の宿敵。

「《邪神》……ゾルダ＝ゴー＝グラフトッ……！」

閑話　リゼとシャロンの宣戦布告

《眷属》達の沈黙を確認しつつ森林の只中《ただなか》を進む。

そうした道程の末に簡易拠点へ辿《たど》り着《つ》いた頃、時刻は夕暮れ時となっていた。

「今日はここで一泊して、明日、エリザ達のもとに帰還しよう」

オズワルドの言葉に異論を唱える者は居なかった。


——それからしばらくして。

夜半。リゼはシャロンと共に、久方ぶりの湯浴みを楽しんでいた。

「ふぁ〜。まさに極楽っスねぇ〜♪」

湯を張った大浴槽に全身を浸《つ》からせ、気持ちよさそうに息を唸《うな》らせる。

そんなリゼの姿にシャロンは「くすり」と微笑《ほほえ》んで、

「背中、流してあげよっか？」

「ん。よろしく」

浴槽から出て流湯装置が取り付けられた壁面の方へ歩く。

「じゃあ、洗うよ。腕上げて」

「ん～」

石鹸《せっけん》から出た泡を手に取って、シャロンはリゼの体を洗い始めた。

滑らかな小麦色の肌が白い泡に包まれていく。

「力加減、どう？」

「ちょ～どいい感じっスよ～」

泡を塗り込むように、垢《あか》をこそぎ落とすように、リゼの肢体を摩《さす》るシャロン。

ひとしきり洗い終えた後、流湯装置から湯を出して、泡を流す。

「ふぅ～。スッキリした～。……んじゃ、交代っスね」

「うん。お願い」

立ち位置を交換し、今度はリゼがシャロンの体を洗い始める。

「う～ん、あいっかわらず、スベッスベのモッチモチっスねぇ～♪」

「さ、触り方がいやらしいよ、リゼ」

シャロンのスレンダーな肢体を撫《な》で回《まわ》しながら、リゼはイタズラっぽく微笑んで、

「こっちも相変わらずっスねぇ～」

「ひゃっ⁉」

ふにふにと乳房を揉《も》まれ、小さな悲鳴を上げるシャロン。

それから彼女は肩越しにリゼを睨《にら》みながら一言。

「こ、これから成長するもんっ！」

「いやぁ〜、それはどうかなぁ〜？　シャロンの体って、栄養がおっぱいじゃなくてお尻の方に行くっぽいし」

くだらないことを言い合いながら、笑う。そうしていると不意に。

「……夢みたい、だな」

ボソリと呟くシャロン。

その心情を察したリゼは、濡《ぬ》れた彼女の体を後ろから抱き締めて、

「ごめん。心配、かけたっスね」

「……ううん。いいの。こうして、帰ってきてくれた、から」

シャロンの頬に一滴の雫《しずく》が流れる。それはやがて湯水と混ざり合い、溶け消えた。

「……全部、オズワルド様のおかげ、だね」

大賢者。自分達を救いうる、偉大な存在。

その名を耳にした瞬間、リゼの脳裏に過去の記憶がフラッシュ・バックした。

《眷属《けんぞく》》だった頃のそれは酷《ひど》く曖昧だが、しかし、最後の方は鮮明に覚えている。

彼がどんなふうに自分を救ってくれたのか。それを思い出すと、

「んっ……♥」

なぜだか、下腹部の奥が「きゅんっ♥」と疼《うず》いた。

「リゼ？」

怪訝《けげん》な顔をしながら振り向くシャロン。

そんな彼女を誤魔化すように笑いながら、リゼは口を開く。

「だ、大賢者様に、お礼を言わないといけないっスね！」

「ん。そうだね。どれだけ感謝しても足りないし、それに、リゼはまだ言えてないし」

シャロンに首肯を返してから、リゼは彼女の体を覆っていた泡を湯で流し、

「んじゃ早速、言いに行きますか！」

二人並んで大浴場を後にし、着替えを済ませ、簡易拠点の中を歩き続けた。

目指すはオズワルドの自室。大して離れてはいないため、すぐに到着するだろう。

（なんて言おうかな）

様々な言葉を脳内に浮かばせながら、足を動かすリゼ。

（あ〜、なんか、緊張するなぁ）

ちょっとした胃痛を感じる。

そんな彼女の耳に、そのとき、か細い声が届いた。

「ふ…………ん…………ぁ…………♥」

これにリゼは首を傾《かし》げ、

「空耳っスかね？」

「……ううん。私にも、聞こえる」

そう答えたシャロンの頬は、なぜだか紅《あか》く染まっていた。

「シャロン？　だいじょうぶっスか？　もしかして、のぼせてた？」

「い、いや。ぜんぜん、そんなことはないよ」

早足で進むシャロン。その反応に疑問を覚えつつも、リゼは隣を行く。

そうして歩き続けていると、声が次第に鮮明なものへ変わっていき——

オズワルドの自室、その前に辿り着いたことで、リゼは声の正体を知った。

「んっ、くっ……ふぁっ……♥」

嬌声《きょうせい》。

半開きになったドアから、それが漏れ出ている。

その主は、

「ソ、ソフィア姉、様……⁉」

目を丸くしながら、リゼはシャロンと共に、ドアの隙間から室内を覗《のぞ》き見た。

果たしてそこには。

「ん、くぅっ……は、恥ずかしい、のにぃ……声、出ちゃ………ふぁんっ♥」

淫《みだ》らに喘《あえ》ぐ、ソフィアの姿があった。

「……っ⁉」

口元を手で覆いながら、リゼは室内の様子をマジマジと目にした。

ベッドの上で、オズワルドがソフィアの豊かな乳房を揉みしだいている。

いわゆる背面座位の形。

小柄なソフィアの体を自らの両足に座らせつつ、後ろから腋下《わきした》へ手を潜り込ませ……

ぐみゅっ♥　ぐみゅっ♥　ぐみゅっ♥

もにゅっ♥　もにゅっ♥　もにゅっ♥

時には力強く、時には優しげに、ソフィアの爆乳を揉んで揉んで揉みまくる。

「ふ、ぅっ……♥　だ、だめ、なのにぃ……♥　止まん、ない、よぉ……♥」

羞恥しながらも、ソフィアは腰をいやらしく振って。

安産型のムッチリとした尻を、彼の股に擦《こす》り付《つ》ける。

そんな彼女の痴態を目にしながら、リゼは呟《つぶや》いた。

「こ、これが、強化行為《ブレイ》……！」

浴場にてシャロンから聞かされていたことではあった。

大賢者と肉体的に交わることで、自分達は限界を超えて強くなれるのだと。

そのことを知ったときは、少しばかりの羞恥を覚えただけで、それ以外の何かを思うようなことはなかった。けれども今、それを目にしたことによって、リゼは。

「んっ……」

再び、下腹部の奥が「きゅんっ」と疼く。

リゼの視線と意識は室内の二人……いや、オズワルドに、釘付《くぎづ》けとなっていた。

「答えにくい、だろうけど……君の快感をさらに強めるには、どうすればいい？」

「っ……！　そ、そんなことっ！　言わせん、なぁっ！」

「ごめん。でも、強化行為《ブレイ》の効果を高めるには、必要なことだから」

「うっ……」

やわやわと乳房を揉まれながら、ソフィアは躊躇《ためら》いがちな小声で、

「……して……しい……」

「えっと。もう少し大きな声で、言ってくれないかな？」

瞬間、頬どころか、耳まで真っ赤に染め上げて。

ソフィアは瞳を涙で潤ませながら、叫んだ。

「も、もっと！　おっぱいを強く揉んでほしいって言ったのよ！」

「わ、わかった。こんな感じ、かな」

乳揉みのリズムとテンポが少し乱暴になる。

そんな変化に合わせて、ソフィアが一際《ひときわ》強い嬌声を零《こぼ》し、

「オ、オズのばかぁっ♥　あ、あたしに、恥ずかしいこと、言わせてっ♥　お、おっぱい、好き勝手に揉みまくってっ♥　この、へんたいっ♥　ばかっ♥　ばかばかばかぁっ♥」

口から漏れ出る悪態とは裏腹に、ソフィアの頬は、強い快楽によって緩み切っていた。

そんな彼女の痴態は秒を刻むごとにエスカレートしていき……

「ね、姉様……」

「すごい乱れ様、っスね……」

刺激的な光景が二人を興奮させ、呼気を荒いものへと変えていく。

そんな彼女等《かのじょら》の存在に気付かぬまま、オズワルドは強化行為《プレイ》に没頭し続けた。

もちゅんっ♥　もちゅんっ♥　もちゅんっ♥

ぐみゅんっ♥　ぐみゅんっ♥　ぐみゅんっ♥

肉欲を貪るケダモノのような指使いで、捏《こ》ね回すように爆乳を揉みしだく。

そんなオズワルドの様子を目にしながら、リゼはボソリと呟いた。

「アタシも、あんなふうに……」

昂《たか》ぶる情熱。

それに合わせて、下腹部の奥の疼きが、より強くなる。

「んんっ……」

気付けば、リゼは右手で自らの乳房を揉み捏ね……左手で、欲求を満たし始めた。

こんなところで、はしたない。

そう注意すべきシャロンもまた、リゼとまったく同じように動いていて。

二人並んで、自らを慰めながら、オズワルドとソフィアの行為を見守る。

「次は……腕を、上げてくれないか」

「う、うん」

不意に手を止めて、ソフィアに片腕を上げさせると、

「ふぁっ……♥　そ、そんなところ、汚い、よぉ……♥」

淫靡《いんび》なフェロモンをムンムンと放つ、ソフィアの腋。

じんわりと汗が浮かび、「むわぁっ♥」と色香を漂わせるそこを、丹念に舐《な》めしゃぶり

ながら、右手で双丘の先端を攻め立てていく。

「「んぁっ♥」」

喘いだのはソフィアだけではない。

ドアの前で状況を覗き見るリゼとシャロンもまた、同じタイミングで嬌声を漏らした。

けれども行為に集中しているからか、オズワルドが二人に気付くことはなく。

腋舐《わきな》めと先端攻めを中断し、ソフィアをベッドへ押し倒す。

そうして彼女に覆《おお》い被《かぶ》さり、何度か乳を揉んだ後。

左右の乳房を「ぐみゅっ♥」と中心へ寄せて——

「うわっ……すごっ……」

「ソフィア姉様……すっごく、気持ちよさそう……」

二人が呟く中。

声にならぬ嬌声がソフィアの口から放たれ、そして、刻印が眩《まばゆ》い煌《きら》めきを放つ。

それが収まった頃。

ソフィアとオズワルド、リゼとシャロン、二組の行為が終わりを迎えた。

「んっ、ふぅ……」

室内にてベッドに寝転びながら、満足げに息を唸《うな》らせるソフィア。

ドアの前に座り込むリゼとシャロンもまた、同じ状態となっていた。

「オズワルド、様ぁ……」

息を荒くして、肩を上下させながら、蕩《とろ》けた声を出すシャロン。

その隣で、リゼも疲労感と満足感を味わいつつ、部屋の中を覗き見て――

そのとき、ソフィアと目が合った。

（あっ、やばっ……！）

ビクッと体を震わせるリゼだったが、しかし、ソフィアは無反応。

気付いていたのだ。最初から。二人の存在に。

それでもあえて、痴態を見せた。見せつけた。

その事実と彼女の視線が、一つのメッセージを伝えてくる。

〝オズの一番は、あたしだから〟

これを受けて、リゼは。

「……………！」

心の奥底に、火が灯《とも》るような感覚を味わった。

原初にして至高の《戦乙女《ヴァルキリー》》、ソフィア・ノーデンス。彼女への憧れと畏敬の念に変わりはない。しかしそれでも。

「惚《ほ》れちゃった以上、負けられないっスねぇ……！」

今はまだ端役《はやく》ですらない。

どれだけ頑張っても、一人では太刀打ち出来ないかもしれない。

だが。

「……シャロン」

「……うん。私も、同じ気持ち」

一人じゃ敵《かな》わない。けれど、二人なら。

互いにそんな想《おも》いを胸に抱きながら、頷《うなず》き合う。

「頑張ろうね、リゼ」

「うん。二人で、一緒に……！」

そして彼女等は心中にて、宣戦を布告した。

憧れの存在へ。ソフィア・ノーデンスへ。


自分達の勝負は、まだまだこれからだ、と——

第五話　元・底辺村人、宣戦布告を受ける

拠点へと帰還してからすぐ、俺達はエリザに全ての情報を報告した。

土地の奪還。そして……俺の肉体に秘められていた新たな力。

《眷属《けんぞく》》を元の存在へと、戻す能力。

その一報は瞬《また》く間《たま》に拠点中へと広がり、《戦乙女《ヴァルキリー》》達の士気はうなぎ登りとなった。

彼等《かれら》を人間ないしは《戦乙女《ヴァルキリー》》へ戻せるとなれば、ジリ貧に追い込まれている現状は大きく変わっていくことだろう。

こちらは今まで数を増やせなかった。逆に、あちら側は増加する一方。

そうした関係が逆転したなら、戦況は大きく引っ繰り返ることになる。

とはいえ、それを実現するためには研究が必要だ。

俺の体液がどのような形で作用し、《眷属》を元の存在へ戻すのか。

真相を突き止めねば、全ては絵空事に過ぎない。

ゆえに任務完了後の休養など取ることなく、俺は迅速に動いた。

まずは拠点内に存在する研究施設、こちらの改築である。

魔法を用いれば記憶の中に存在する設備など、全てを再現可能。

それで以《もっ》て、かつての仕事場を現代に蘇《よみがえ》らせた後、俺は本格的な研究へと移った。

「まずは仮説を立てるところから始めようか」

広々としたラボの一室にて、こちらの呟きにソフィアが反応を返してきた。

「体液がどういう形で作用しているのか、それを探るのね」

かつての彼女は完全な戦闘員であり、こういった仕事になると何も出来なかった。

しかしながら今のソフィアは長い学習期間を経ているため、俺の助手を務められるぐらいには成長している。

「体液の作用を再現する物質、あるいは装置の開発。もしくは別プラン。それらを見出《みいだ》さないと俺の体にどのような力が秘められていようが、まったく意味がない」

我が身に宿る特殊な効能は、体液全般に適用されている。とはいえ肉体から大量に採取出来るのは血液や唾液であるため、おおよそ体液＝血液&唾液と捉えてもよい。

しかし、そうだからこそ、大きな問題が生じてくる。

「大賢者なんて呼ばれてはいるけど、俺も所詮は人間だ。一日に何千リットルも体液を出せるわけじゃない。よって体液に代わる何かを開発しないと」

「《眷属》達を元に戻して、人類復興ってプランは実行不可能ってわけね」

ソフィアに首肯を返した後、俺は早速、最初の実験を開始する。

「まずは……体外に出された血液を複製してみるか」

手に持っていたナイフで掌《てのひら》を浅く切り、魔法で血流を操作。

うっすらとした切り傷から大量の血液が溢《あふ》れ出《で》て、透明色の容器へ注がれていく。

これに対して複製の魔法を発動。

隣に並べてあった容器に次の瞬間、同量の血液が満ちた。

「さて」

視線を横へ向ける。

そこには先日、奪還した土地から運び込まれてきた《眷属》の姿があった。

完全に沈黙し、微動だにしない、鋼の怪物。

それへ近付き、複製した血液をかけてみると――

「変化は見られないわね」

「複製を行うと血液中に存在するなんらかの成分が消失するのか、あるいは性質が変わるのか。しかしこの結果は、なかなか大きなヒントを与えてくれたな」

顎に手を当てながら呟《つぶや》く。そんな俺の意図をソフィアは読み取ったらしい。

「両者を比較すれば、なんらかの相違点が検出されるはずよね」

「あぁ。その要素を確認出来たのなら」

「あとはそれを増産、ないしは増幅すればいい」

頷き合いつつ、俺達は血液に対して様々なアプローチをかけた。

その結果として……真実を探り当てることに、成功する。

「放たれる魔力の波動……！　これが、《眷属》の体に作用しているのか……！」

状況証拠からして間違いない。その波動を放つ、簡単な装置を造り、《眷属》に使用してみたところ、機械の怪物が人間の女性へと戻ったのだ。そんな彼女を保護するよう、室外の《戦乙女《ヴァルキリー》》に言い付けた後、俺とソフィアは改めて言葉を交えていく。

「さっき造った装置だと、波動の拡散範囲が狭すぎる。だがもし、超広範囲の拡散が可能な装置を造ることが出来たなら……《邪神》を討つことなく、特定範囲の《眷属》を無力化出来るようになるだろう。その装置の設計図は、既に」

「あんたの頭脳に浮かびつつある、でしょ？」

「あぁ。その通りだ」

「ふふんっ！　さっすがあたしのオズっ！　まさに天才ねっ！」

ハイタッチして喜び合うと、俺はデスクに向かった。

「設計図を描くの？」

「いや、まずは必要な素材を記載して、それを集めてもらう必要がある」

さらさらと羽根ペンを走らせ、紙面にそれらを書き込んでいく。

そうした作業が完了した後、俺は机上に置かれてあった別の紙を手に取り、

「素材が集まるまでは別のアイテムを開発しよう」

「ん。まずはこれを造るのね」

図面に目を通しただけで、ソフィアはそのアイテムがいかなるものか、理解したらしい。

「眼鏡型の魔導装置……あたし達のパラメーターを確認するためのアイテム、かしら？」

「あぁ。現状、君達のそれを確認する手段は限られているし、その全てが手間のかかるものばかりだからな。これを造ればいつでも気軽に確認が出来る」

「それは便利っちゃ便利、だけど……そのためだけに造るってわけじゃないんでしょ？」

「あぁ。これがあれば、リアルタイムで君達のパラメーターの変動を確認出来る。それは君達を強化する能力の研究に、地味ながらも大きく役立つだろう」

「ん。そう、ね。そっちの方も色々と、進めていかなきゃ、ね」

何かいやらしい想像でもしたのだろうか。

ソフィアの頬がうっすらと桃色に染まり始めた。

「そ、それで？　具体的にはどうやって、研究を進めていくの？」

「うん。まずは行為に対し多様性が認められるかどうか、確認をしてみたい」

「こ、行為の多様性、って」

「あぁ。今後のことを思うと……かなり大人数に参加してもらうことになるな」

「お、大人数っ……！」

頭の中でどんな妄想が展開されているのか、ソフィアは顔をリンゴのように紅《あか》くさせながら、問い尋ねてきた。

「な、なにをするつもり、なの？」

もじもじと太股《ふともも》を擦《こす》り合わせる彼女へ、俺は自らの考えを口にした。

「――皆と一緒に、ボ、ー、ル、い、遊、び、をやる」

◇◆◇

極めて高度な魔法を発動する際には、魔力の性質を変異させたり、量を増幅させるなど、特殊な過程……即《すなわ》ち、儀式を必要とする。

その過程はさまざまだが、どのような儀式にも一つ、共通点があった。

肉体同士の干渉。そこには無論、背徳的な内容も含まれているのだが、極めて健全なそれであっても儀式は成立することが確認されている。

肉体の交わりは両者に特殊な魔力の波動を生じさせ、それがハイレベルな魔法の発動に関与しているのだと、多くの先人は結論付けていた。

俺が有する《戦乙女》《ヴァルキリー》の強化能力についても、似たような仕組みなのではなかろうか。

肉体の接触と精神的な交流によって彼我に特殊な魔力の波動が生じ、これが彼女達の体になんらかの影響を及ぼした結果、パラメーターが向上する。

もしこの仮説が正しいとするならば。

強化に必要な行為は、一つだけではないのかもしれない。

それを確認するために、今。


――俺は手空《てす》きの《戦乙女》《ヴァルキリー》達と、ボール遊びに勤《いそ》しんでいる。


「オズ様ぁ～！　頑張ってぇ～！」

「大賢者様なら、エリザ姉様にも勝てますわぁ～！」

拠点内に設けられた運動場の一画。球技用コートにて。

俺は正面に立つエリザと向き合っていた。

「はぁ。オズ殿とボール遊び。そう聞いて急ぎ足で駆けつけたものの……よもや球技大会であったとは」

尻尾を揺らしながら、手に持つボールをバウンドさせるエリザ。

だが、やる気のなさそうな言動に反し、その佇《たたず》まいには隙が一切なかった。

「ようやくオズ殿のボールで遊べるのかと期待したのだが……まったく、残念でならぬ」

嘆息する彼女の周囲には、複数の《戦乙女《ヴァルキリー》》達が立っていて、

「まぁまぁ、たまにはこんなふうに健全な遊びもいいでしょうよ」

「皆との交流にもなりますしね～」

この球技はチーム戦であるため、多人数が参加している。

いま相手取っているのは、エリザをリーダーとした獣人族中心のチーム。

それに対し、こちらは特定の種族カラーを持たぬ混合チーム。

もちろん、その中にはソフィアも含まれている。

「……これは俺達にとって重大な実験なんだ。真剣にやってくれよ、エリザ」

腰を落とし、身構えるこちらへ、彼女は牙を剝《む》くように笑った。

「無論。勝負事に参加したなら、勝たねば気が済まぬタチでして――――なッ！」

動いた。

ボールをバウンドさせながら、こちらの脇を走り抜けようとする。

させるものか。

エリザの軌道上に立ち塞がり、その進行を止めようとする。

「ほほう！　なかなかの反応速度！　しかしながら！」

左右へフェイントを仕掛けてくるエリザ。どっちに進むのか、まるでわからない。

「このエリザ、球技にて敗れた例《ためし》はないぃッ！」

真っ正面だ。彼女は右にも左にも行かず、こちらへと突撃してきた。

「ッッ！」

ぶつかる。

そうした未来を予感し、一瞬、体が竦《すく》み上《あ》がった。

そんな隙を突く形で。

「ふはははッ！」

衝突の直前、エリザが疾走の軌道を変更。俺の右側を猛烈な速度で駆け抜けていく。

「ちぃッ！　ソフィアッ！」

「まっかせなさいッ！」

この球技はボールをゴール・ポイントに投げ込まれたなら、相手の得点となる。そして現在、ソフィアを含む三名がゴール・ポイント間近でエリザを迎え撃つ形となっていた。

「今回こそはっ！　好きにさせないんだからねっ！」

「いいや、させてもらうねッ！　タマの扱いでわたしに勝てると思うなよ、姉貴殿ッ！」

三対一。

ソフィアだけでなく他二名の《戦乙女《ヴァルキリー》》も一緒に、どうにかエリザを止めようとするのだが、

「ふはははははッ！　遅い遅いッ！」

「あっ、しまっ……！」

三人による包囲をアッサリと潜《くぐ》り抜《ぬ》け、ゴール・ポイントへとボールを投げ込むエリザ。

彼女が放ったそれが、目標へと入り込む……直前。

「させる、かぁッ！」

エリザがシュートした頃、俺は既に自陣へと戻っていた。

そして投げ込まれたボールへと飛び付いて、捕捉。

「リゼッ！」

敵陣コートでフリーとなっていた彼女へ、ボールを放つ。

大きく弧を描く球体を、彼女は空中でキャッチすると、

「貰《もら》ったっス！」

そのままの勢いで、ゴール・ポイントへボールを投げ入れた。

「……ふむ。簡単には勝たせてくれそうにありませんな」

「あぁ。これはあくまでも実験だが……負けるよりかは、勝って終わる方がいい」

滴《したた》る汗を拭うエリザ。それなりに疲れているようだが、まだまだ十全に動けそうだ。

そこについては俺も同じ。石化から復活したことで、なんらかの影響が肉体に及んだのだろう。どれだけ体を動かしても、まったく疲れることがなかった。

「個の力ではエリザ、君には勝てない。だがこれはチーム戦だ」

「あたし達全員で、あんたをブッ倒す！」

「ふふん！　聞いたか皆！　わたし以外は眼中にないらしいぞ！」

「失礼しちゃうわよねぇ～」

「このチームはエリザ姉様だけじゃない。それを教えてやるよ……！」

白熱した試合が続く。至近距離でのやり取りが連続し、時には肉体同士が激しく接触することもあったが……そうだからこそ、この球技を選んだのだ。

「ははッ！　もっと強くぶつかっても構いませんぞッ！」

「あぁ、そうさせてもらう！」

駆けながらのやり取り。ここでは体当たりに近い形で、半身をぶつけ合うことになる。

それは間違いなく、肉体的なまぐわいそのものであろう。

「エリザ姉様ッ！　こっちはフリーですッ！」

「いいえ！　あんたはあたしが！」

多人数でのチーム戦。これは効率を目指した結果、辿《たど》り着《つ》いたもの。

一人一人とまぐわっていては時間効率が悪い。理想的なのは、複数人の同時強化だ。

「むッ!?」

「取ったぞ、エリザッ！　君からボールをッ！」

激しい肉体的なコンタクト。大人数で行う内容。

この球技は、これらの条件を完璧に満たしていた。

「ラスト一〇秒ッ！」

「あと一回！　一回ポイントを奪えば！」

「最後まで諦めないでッ！　大賢者様ッ！」

激しい声援が飛び交う中、白熱した試合に終止符が打たれた。

「ゲームセット！　勝者は――――エリザ・チーム！」

結局のところ、あと一点が足りず、惜敗。

「はぁ……はぁ……」

疲労感を覚えつつ呼吸を整えていく。そんな俺の肩をエリザが叩《たた》きながら、

「グッド・ゲーム。たいへん良き試合でしたぞ、オズ殿」

「あぁ。ありがとう。君は本当に、強いな」

「ふふっ。再三申し上げておりますが、タマの扱いでわたしの右に出る者はおりませぬ」

互いの健闘を称《たた》え合う。やはりスポーツは良き交流になるなと、そんなふうに思いながら……俺は試合開始時からずっと掛けていた、眼鏡型の魔導装置を起動した。

「どう、オズ？　結果は」

ソフィアの問いに、俺は息を唸《うな》らせながら、

「結論から言えば――今回の実験は、成功ということになるんだろうな」

「えっ？　てことは、皆のパラメーターが？」

「あぁ。試合に参加した全員の数値が向上した。それは間違いない。でも」

上昇値が低い。

そういうことをしたときに比べて、およそ五分の一程度の上昇でしかなかった。

「意味のない実験、だったのかしら？」

「いいや。むしろ逆だ」

今回の実験では実に多くの収穫があった。

そこについて、俺は思索を行う。

まず一つ目。

強化行為《プレイ》の際に見受けられる刻印の発光が、今回は確認出来なかったことについて。

「件《くだん》の現象は、《戦乙女《ヴァルキリー》》の強化を表したものではない……あるいは、未《いま》だ確認出来ていない要素と強化の要素とが、同時に発生した証《あかし》なのか……？」

考えても答えが出なかったため、次へ移る。

「エリザ。今回の実験では君がもっとも高い上昇値を示したが……疲労感はどうだ？」

「強化行為《プレイ》後の疲労と比較したなら、今のそれは一〇分の一以下といったところですな」

「ふむ……強化値こそ低めだが、その代わりに、数をこなせるということか」

通常の強化行為《プレイ》は日に二〜五回が限界。しかしながら今回のような運動であれば、かなりの数をこなすことが可能となるだろう。しかも、大人数を同時に強化出来るとなれば。

「今後は複数人で行うスポーツを一日のスケジュールに入れてもいいかもしれないな」

「うむ。皆のスケジュール管理についてはこのエリザにお任せを」

「あぁ、ありがとう」

一つ頷《うなず》いてから、俺は話を先へと進めていく。

「今回の実験で、強化値の変動要因がもう一つ、明らかになった」

彼女《かのじょ》等のパラメーターは誰もが一定値上昇するといったものではない。現在値が低い者ほど上昇幅が大きく、逆に現在値が高い者はあまり変動しないという特徴がある。

今回の実験で、ここにもう一つ、新たな特徴が見受けられた。

「精神的な興奮度合い。これに伴って、パラメーターの強化値が高くなる」

先程の試合においてエキサイトした者は、冷静で居続けた者と比較すると、上昇値が極めて高い。これは実に有益な情報であった。

「通常、世代が下の《戦乙女《ヴァルキリー》》の方が上の世代よりもパラメーターの伸びがいい」

「それは現在値が低いから、よね？」

「あぁ。だが今回の試合においては、激しく興奮した第五世代の方が、落ち着きを維持していた第七世代よりも高い上昇値となった」

「なるほど……この情報は我々のような世代が上の《戦乙女《ヴァルキリー》》達を効率的に強化しようとなった際、重要な意味を持つことになりますな」

エリザのような第一世代は強化値が著しく低いのだが、そうした問題を解決する糸口が今回、見つかったかもしれない。……まぁ、少しばかりの問題も孕《はら》んでいそうではあるが。

「興奮度によって上昇値が変動するとなれば」

「あぁ、今後の強化行為《ブレイ》について、内容面を見直す必要がある」

「具体案はお有りで？」

「いや。そこについては、これから一考するつもりだけど……何か妙案でも？」

「うむ。是非とも試していただきたいことが一つ」

獣耳をピンと立てながら説明を始めるエリザ。

「……とまぁ、そういった塩梅《あんばい》なのですが、いかがですかな？」

「うん。良《い》いアイディアだと思う」

肯定の意を返すと、エリザは一つ頷いて。

「話は変わりますが……わたしはこれより、会議に参加する予定でしてな」

「そうか。……その様子だと、俺も参加した方がよさそうだな」

「ええ。なにぶん、極めて重大な内容を話し合う予定でおりますから」

「……その内容、事前に聞いておいてもいいか？」

問いに対し、エリザは一つ頷いてから、こう答えた。

「《邪神》の討伐。これについて、拠点の幹部達と意見を交えていただきたく」


球技もとい実験を終えた後。

俺とソフィアはエリザと共に拠点中央の施設へと移動し、会議室へと入った。

「まだ誰も居ないようだな」

「ええ、全員が揃《そろ》うまでしばらくかかるかと」

エリザと会話を行う最中、一人、二人と入室してきたのだが。

円卓に着くべき幹部達が勢揃《せいぞろ》いしてもなお、会議室に足を運ぶ者は絶えることなく……

壁際《かべぎわ》にズラリと、大勢の《戦乙女《ヴァルキリー》》達が並ぶ。

彼女等は別の意味での参加者である。

それを証するように、今。

シャロンとリゼが、シングルサイズのベッドを運びながら、会議室へと入ってきた。

そんな彼女等の姿を認めると同時に、エリザが口を開く。

「《邪神》・ゾルダ＝ゴー＝グラフト。これを討つ具体案を出し合いたいと思う」

彼女が主導して、早速、会議がスタートした。

「《邪神》を討つにはまだ、我々には何もかもが足りてない」

「全体的な戦力の底上げは当然として……決定力が欲しいところだな」

参席者は誰もが真剣だ。事が事であるため、ユーモアが入り込む余地すらない。

……そうだからこそ、こう思う。

これはやはり、場違いな行為ではなかろうか、と。

真剣を極めた会議の只中《ただなか》、俺はベッドの前で、一人の《戦乙女《ヴァルキリー》》と向き合っていた。

「最初は君か」

相手方……シャロンへと呼びかける。

「はい。よろしくお願いします。…………オズワルド様」

あの一件を経て少しは心を開いてくれたのか、シャロンはこちらのことを大賢者という異名ではなく、名前で呼んでくれるようになった。

そんな彼女も含めて、壁際で待機している《戦乙女《ヴァルキリー》》達は会議への参加者ではなく……強化行為《プレイ》への参加者である。

さりとて、俺の仕事は行為のみではない。

「オズ殿。先程の意見についてはどう思われますか？」

「あぁ、そうだな。個人的には――」

こうして、しっかりと会議へ参加する必要もある。実に馬鹿馬鹿しい状況だが、間違いなく合理的であるため受け入れるしかない。《邪神》との決戦がいつ始まるかわからない今、求められているのは時間効率……即《すなわ》ち、マルチ・タスクであろう。

ゆえに俺は、会議と強化行為《プレイ》、両方を同時進行させることになった。

「オズワルド様。いかがなさいますか？」

「ん、そうだな。……ちょっと、俯《うつぶ》せになってくれないか」

「……はい」

以前とは違い、シャロンの顔には嫌悪《けんお》感めいたモノがない。

むしろほんのりと頬を紅《あか》くして、どこか期待しているような眼差《まなざ》しとなっている。

……こういった経験は初めてのことだった。

こちらに好意を向けてくる相手は大概、エリザのように最初から好感度が高い者ばかりで、シャロンのように嫌悪から好意へ転じた者は一人として居なかった。

それが原因、だろうか。この子のことが特別、愛らしく見える。

「……？　私の顔に、なにか？」

「い、いや。なんでもない」

「そうですか。では、ご希望通り、俯せになりますね」

……大賢者だった頃、弟子の一人がこんなことを言ってたな。

ハナっから股を開く女よりも、攻略して落とした女の方がエロく見える、と。

当時はアホかと一蹴した意見だったが、あながち間違いではなかったのかもしれない。

「これで、よろしいでしょうか？」

「あ、あぁ」

目前の様相に俺は生唾を飲んだ。

シャロンは胸こそ小ぶりだが、代わりに尻のレベルが極めて高い。

サイズ感、形状、そして柔軟性。

全てが最高品質であるため、どれだけ揉《も》みまくっても飽きがこない。

そこに加え、今は攻略済みの美少女という付加価値も付いているため、シャロンの尻に対する興奮度合いは以前よりも遥《はる》かに高まっている。

……とはいえ。今回の強化行為《プレイ》は普段のように、欲求が赴くまま行うものではない。

先の実験を踏まえたうえで、今後の内容面について模索したいと思う。

さしあたり、最優先で試すべきは、先刻エリザに提案されたアイディア。

それは会議との同時並行《マルチ・タスク》によって、最大限の効果を発揮するであろう強化行為《プレイ》。

具体的には——皆に見られている状態で、特殊マッサージを受けるというモノだ。

「始めてもいいかな?」

「はい。どうぞ、お好きなように」

同意の言葉を受けた後、俺はまず彼女の肩に触れた。

三角筋を撫《な》でるようにマッサージ。それから肩甲骨《けんこうこつ》周りの筋肉を指圧で解《ほぐ》していく。

「んっ……」

シャロンの口から漏れ出た声には、確かな快感が込められていた。

しかし、パラメーターの変化は確認出来ない。まだまだ行為に及んだ時間と……興奮度が足りないということだろう。俺はそのように考えつつ、マッサージを続行した。

「ふっ……んっ……」

首の凝りを解した後、背筋をなぞるような形で指圧を行う。

そして上半身のマッサージが佳境を迎えた頃、シャロンの刻印が淡く発光し始めた。

「ふむ。パラメーターが上がってきたな」

眼鏡型の魔導装置が、そのさまをリアルタイムで伝えてくる。

……伸び方が弱い。興奮度が低いからか。

では、それを大きく跳ね上げた場合、上昇値はどれほど変動するのか。

ここからが、特殊マッサージの本番である。

「シャロン。事前に謝っておく。恥ずかしい思いをさせたなら、申し訳ない」

「ふぇっ……？」

呆《ほう》けたような声を返してくるシャロン。そんな彼女の臀部《でんぶ》へと、手を伸ばす。

しかしながら、欲望に任せて尻たぶを揉みまくるというわけではない。

俺は自らの手を、柔らかな尻肉の上部と、尾てい骨の合間へと置いて――

ほどよい力を込めつつ、一定のリズムで押し始めた。

「んっ……？」

最初、シャロンが漏らした声は、快感というよりかは怪訝《かいが》と表すべきものだった。

しかし。

「んんっ……!?」

次第に、反応が変わっていく。

怪訝《かいが》から驚きへ。

そして。

「んんんっ……♥」

驚きから、興奮へ。

「初の挑戦だったが、どうやら上手《うま》くいったようだな」

最初に一般的なマッサージを行ったのは、シャロンの心身をリラックスさせるためだった。その緩み切った精神と肉体に強い快感を与えることで、効果は何倍にも高まる……と、エリザが述べていたのだが、どうやら事実だったらしい。

「ふぅっ……♥　くぅっ……♥」

た。

嬌声《きょうせい》を噛《か》み殺《ころ》すシャロン。その体表を走る刻印が、さっきとは比べものにならないほどの煌《きら》めきを放つ。そんな様子をこちらへ見せ付けながら、彼女は一つ、問いを投げてきた。

「なっ、なん、ですかっ……♥　これ、はっ……♥」

吐き出された疑問。その答えは……当然ながら、マッサージである。

さりとて一般的なそれではない。エリザが考案した特殊マッサージだ。

骨盤を押して下腹部に振動を伝え、性感帯を刺激し、桁外れな快感と興奮をもたらす。

そんな特殊マッサージの効果はまさに絶大であった。

「ふっ、くぅううう……♥」

刻印の発光が、秒を刻むごとに強くなっていく。

その明度が高まっていくにつれて、パラメーターも凄《すさ》まじい勢いで伸びていった。

これは想定以上の成果であり、確実に喜ばしいこと、なのだが。

「〜〜〜っ♥」

シャロンの痴態もまた想定以上だったため……なんというか、かなりいかがわしいことをしているような気分になってくる。これ以上の進行はシャロンの尊厳に深刻なダメージを与えるのではないか。そのように危惧した、瞬間。

「手を止めてはなりませぬぞ、オズ殿」

会議の最中、エリザがこちらに言葉を放った。

「なにゆえ会議の最中に行為をしていただくようセッティングしたのか。なにゆえ大勢の《戦乙女《ヴァルキリー》》達をわざわざ壁際に待機させているのか。その意図を思い出していただきたい」

真剣な面持ちを向けてくる彼女に、俺はハッとなった。

……大勢の前で痴態を晒《さら》すことによる、興奮度の向上。そのアイディアを彼女に聞かされた時、俺は実に合理的な判断だと、そのように受け止めていた。

人倫にはもとるのかもしれない。だがそんなことを気にして、皆が犠牲になるよりかは……尊厳など、遥か彼方《かなた》へ投げ捨てた方が、マシなんじゃないか。

「オズ殿とて、ご納得されて事に及んでいるのでしょう？　であれば」

何を今さら、躊躇《ちゅうちょ》することがあろうか。こちらの行いは、全て、皆のためなのだから。

そのように述べてから、エリザはさらに言葉を積み重ねていった。

「オズ殿は紳士であらせられる。されど、我等の尊厳に対する気遣いは不要。人類の復興と世界の奪還という悲願を成し遂げるためならば、どのようなことでもする。皆、その覚悟を決めております。……そして、そもそも」

真剣な面持ちだったエリザの美貌が、そのとき、艶然《えんぜん》とした笑みへと変わる。

そうして彼女は断言した。

「この場には生粋のドスケベしかおりませぬ。ゆえにいかなる痴態を晒したところで、それを悦《よろこ》ぶことはあれども、尊厳に傷が付くようなことはない」

この発言に対し、《戦乙女《ヴァルキリー》》の皆々は多様な反応を示したが……その本質はただ一つ。

こちらの手腕に対する期待と、興奮である。

「……シャロン」

「ひゃ、ひゃい♥」

「……ここからは、手心を加えずに続行するつもりだが、大丈夫か？」

こちらが確認すると同時に、シャロンは腰を「びくんっ」と痙攣《けいれん》させて、

「かまいま、せん……♥　私の、こと……強くして、くださいっ……♥」

この答えは彼女だけのものではない。きっとこの場に居合わせた全員の総意であろう。

ならば、もはや迷うまい。

俺はある種の覚悟を胸に抱きつつ——シャロンへの特殊マッサージを再開した。

「〜〜〜っ♥」

グッ、グッ、グッ、グッ。

ギシッ、ギシッ、ギシッ、ギシッ。

シャロンの下部を押さえる度に、ベッドが軋《きし》んで、異音を響かせる。

「く、ふぅっ……♥」

臀部を押して子宮周りの性感帯を刺激する度に、彼女の口から艶《あで》やかな声が漏れる。

そんなふうにシャロンが痴態を晒す中、同時並行で、会議も進行していく。

「《霊装》の数が足りてない。ある程度ハイレベルな物を全員に支給したいところだ」

「となるとぉ～……選択肢は一つよねぇ～……」

それは極めて非日常的な状況であった。幹部達が今後のことを真剣に話し合うその横で、快楽に喘《あえ》ぐシャロンの胸中はいかなるものだろうか。

きっとそこには強い背徳感があるのだろう。

それがシャロンの興奮度合いを高めているに違いない。

「～～～っ♥」

気付けば、彼女の下衣がしっとりと湿り始めた。

このまま続ければどのようなことになるか、予想出来ぬはずもない。

だが……俺は心に決めたのだ。徹底的にやり尽くす、と。

ゆえに手を止めることなく、むしろラストスパートをかけるように動作を激しくさせる。

——これで、トドメだ。

一際《ひときわ》強く、痙攣する臀部を押し込んだ、そのとき。

「――――――――っ♥」

体表を走る刻印がこれまで以上に眩《まばゆ》い煌めきを放ち、それに合わせてパラメーターがとてつもない勢いで伸びていく。

「おぉ……！　こ、これは……！」

あまりの上昇値を前に、俺も興奮を禁じ得なかった。

パラメーター・アップはその後もしばらく続き……果たして、刻印の輝きが収まったのは、シャロンの一部が収まりを見せるのと、まったく同じタイミングだった。

「へっ……♥　へっ……♥　へっ……♥」

頰をダルダルに緩ませながら、全身を「びくんっ、びくんっ」と痙攣させるシャロン。

股を隠す布地が小水を漏らしたかのように濡《ぬ》れそぼっているが……ここは見て見ぬふりをしてやろう。

「一人で移動するのは、不可能だな」

「ひゃ、ひゃい……♥　しゅみま、ひぇん、オジュしゃまぁ……♥」

ろれつが回らない彼女を以前のように抱きかかえ、壁際《かべぎわ》へと運ぶ。

そうしてから。

「次の人」

二人目の《戦乙女《ヴァルキリー》》と強化行為《プレイ》に及ぶ。

彼女は確か、ファサリナだったか。

いつも澄まし顔で、感情をほとんど面に出さない、大人の美女である。そんなファサリナはシャロンの痴態を目にしたうえでなお、普段の事務的な様相を崩すことなく、

「よろしくお願いいたします」

言われる前に俯《うつぶ》せとなり、ムッチムチな下半身をこちらへと向けてきた。

そんな彼女の傍《そば》に寄って、早速マッサージを始めようとした、そのとき。

「エリザ様がおっしゃったように、気遣いなどは不要です」

ひどく淡々とした声音で、ファサリナは言う。

「わたくしが肉欲に支配され、痴態を晒すことなど、ありえませんので」

醸《かも》し出《だ》される余裕。自分が乱れるはずがないという、強い確信。

だが――

「んほぉおおおおおおおおおおおおおおッ♥」

ファサリナは、秒で落ちた。

普段まったく表情を変えない彼女が、今は乱れに乱れまくっている。そんな現実は壁際

の《戦乙女《ヴァルキリー》》達のみならず、会議中のエリザ達の心すらも動かしたようで。

「……せっかくですし、我々も加わってみますか？」

「何を言う。疲労でまともに頭が回らなくなっては会議の意味がなかろう。……加わるなら、終わった後だ」

誰もが頬を赤らめ、会議そっちのけでこちらの様子を静観する。

――その後も、さまざまな相手が十人十色な態度で行為に臨んだのだが。

「ふんっ！　さっさと済ませてよねっ！」

ツンケンした態度のドワーフ美少女（ロリ爆乳）も、数秒後には。

「んへぇえええええええええええっ♥」

室内に絶叫を響かせ、

「ハッ！　このアタシがよがるわけがねぇ！　たとえ一〇〇万年かけても不可能だね！」

自信満々に挑戦してきた長身の獣人（ボーイッシュ美女）も、数分後には。

「んきゅうううううううううっ♥」

腰をガックガクに震わせ、

「ふふんっ！　アンタみたいな雑魚《ざこ》の手であたしが感じるわけないじゃんっ！　もし負けたらアンタのこと、これからお兄ちゃんって呼んであげるっ！」

こちらを明確に見下してきた美少女エルフ（メスガキ）も、一〇秒と耐えられず、

「ざ、雑魚はっ♥　あたしの方、でしたぁあああああああっ♥　み、認めるからぁっ♥　もう、やめてぇえええええええええっ♥」

めでたくお兄ちゃん呼びが決定したのだった。いや、別に嬉《うれ》しくもなんともないが。

「ふぅ……これで全員、か……」

大したことをしたわけでもないが、やはり数をこなしたからか、少々疲れた。

壁際には六八名の《戦乙女《ヴァルキリー》》達が横たわっており、皆、艶めいた吐息を漏らしながら、肩を上下動させている。

そのさまはまるで性的なアレやらコレやらを激しくヤリまくった後、といった様相であるが……実際はマッサージを受けただけで、不健全なことなど何一つしてはいない。

「え～……ではオズ殿」

「あぁ。エリザ、君のプランでいこう」

会議についても完了を迎え、我々は今後の方針を決定するに至った。

「さて、会議も終わったことだし……」

それは早速、明日から実行することになったため、本日はもう床に就きたいところだが。

「わたし達にも、どうか」

「皆にやってたアレ、お願いしても、いいかしら？」

エリザを始め、複数の幹部《戦乙女》《ヴァルキリー》が発情したような顔を見せ、その中に混じる形で、ソフィアが好奇心に満ちた瞳を向けてくる。

だからまずは彼女から……と、そのように提案してみたところ、

「み、皆の前だと恥ずかしいから……ふ、二人きりになった後に、ね？」

頬を紅《あか》くして、もじもじと太股《ふともも》を擦《こす》り合わせるソフィア。そんな姿は実に扇情的で、今すぐにでも自室に連れ込みたくなったのだが。

「オズ殿。それは我々を果てさせてから、ごゆるりと」

既にベッドの上で待機していたエリザが、ムッチムチな黒尻をいやらしく振って誘惑してくる。相も変わらず性欲に忠実すぎる彼女へ、俺は苦笑を返しつつ近寄って。

「じゃあ、始めようか」

宣言すると同時にマッサージをスタート。

そうして俺は、エリザを皮切りに、幹部達全員を快楽の終着点へと導くのだった――

◇◆◇

我々に必要なのは、全体戦力の大きな底上げである。

そのための第一手として、エリザを始めとした上層部は大規模な作戦を発令した。

具体的には……とある鉱山の奪還。

そこで採れる金属は高品質な《霊装》を製造するために必須な素材であり、件《くだん》の鉱山を奪い返せたなら、多くの《戦乙女《ヴァルキリー》》にハイレベルな《霊装》を支給出来るようになる。

さりとて、敵方もその重要性を理解しているからか、前回我々が奪還した森林地帯よりも遥《はる》かに多くの《眷属《けんぞく》》達によって鉱山は守られているという。

ゆえに本作戦は拠点に属する戦闘員の半数を動員した大規模な内容となっており、総司令官であるエリザさえも出撃対象となっていた。

無論、俺とソフィアも同行している。

晴天の下、高低差の激しい丘陵地帯を進む大勢の《戦乙女《ヴァルキリー》》達。

その中に溶け込む形で、俺、ソフィア、エリザの三名もまた歩を刻み続けていた。

「それにしても……昨夜はお楽しみのようでしたな、オズ殿」

雑談の最中、唐突にブッ込んできたエリザに、俺だけでなくソフィアも目を見開いた。

「お、お楽しみ、って」

「隠さずともよろしい。何せ基地中に響いておりましたからなぁ。……オズ殿のマッサージは最高だったろう？　ソフィア」

水を向けられた途端、ソフィアは赤面して俯《うつむ》いた。

「そ、そんなに、うるさかった……？」

「いやなに、迷惑だったという話ではないのだ。むしろ夜に使う一品を提供してくれて感謝しているよ。きっと皆も昨夜はお前達の行為に想《おも》いを馳《は》せ、己を慰めていたことだろう」

満面に花が咲いたような笑みを浮かべ、エリザは言う。最高に気持ち良かった、と。

「お前もそうだったのだろう？　何せマッサージを終えた後も、じっくりねっとり、行為に励んでいたようだからなぁ」

「なっ……！　も、もしかして、見てたの……!?」

「ふふん。わたしの耳と想像力を舐《な》めてもらっては困るな。目で確認せずとも、嬌声《きょうせい》の具合から、どのようなことをしているのか手に取るようにわかる。まずオズ殿はお前の――」

「あああああああああ！　言わなくていい！　言わなくていいから！」

姦《かしま》しい二人のやり取りを横目にしつつ、俺は昨夜の出来事を思い返した。

エリザの言葉に間違いはない。マッサージを終えた後のソフィアはあまりにも色っぽく……本来なら疲労した彼女を気遣うべきだと理解しつつも、つい欲望に負けてしまった。

汗ばんだソフィアの豊満な乳房を思う存分に揉《も》み捏《こ》ね、吸いまくり、舐め回し、それからムッチリした太股や尻の滑らかさや柔らかさも、徹底的に楽しみ尽くした。

そうしていると必然、行き着くところまで行ってみたいという欲求が芽生えたわけだが、その直前に起きた出来事により、欲求はたちまち消失。

代わりに芽生えた複雑な情が、今なお心の中に渦巻いている。

「……？　どうされました、オズ殿」

「ん。ちょっと昨夜のことを思い出して、な」

「ふむ。行為を回想したことでムラムラしてきた……というわけでもなさそうですな」

首肯を返しつつ、俺は言葉を紡《つむ》ぐ。

「また新たに記憶が蘇《よみがえ》ったんだけど、内容がちょっと微妙というか」

結論から言えば、その記憶は俺自身を強化するものだった。

しかし、おいそれとは使えない技術であったため、手放しで喜べるような内容でもない。

「もしものときの切り札を得たってところだが……出来る限り使いたくはないな」

と、そのように述べてから、俺は別の話題を切り出した。

「俺達は今、敵方の支配地に足を踏み入れてるんだよな」

「然《しか》り。それも中枢に極めて近いエリア、ですな」

尻尾を揺らめかせながら、遠方へと視線を向けるエリザ。

そこには巨大な建造物のシルエットが確認出来た。

「あたし達はまだ、一度さえ潰してないのよね。奴等《やつら》の本拠地……ハイブを」

「うむ。とはいえ……奴等の安泰も長くはない。今や我々には誰よりも頼もしい救世主殿が付いているのだからな。必ずや成し遂げてみせるさ。なぁ、皆の衆？」

エリザに応えるかの如《ごと》く、周囲の《戦乙女《ヴァルキリー》》達が熱意を放った。

そんな彼女等《かのじょら》に俺は一つ頷《うなず》いて、

「……そうだな。まずはあのハイブを破壊しよう。その次は」

「別拠点との合流、ですな」

ハイブの破壊、即《すなわ》ちそこを支配する《邪神》の打倒が成ったなら、極めて広範囲の土地を奪還出来る。《邪神》の死滅は奴等の支配下にある《眷属》達の機能停止に繋《つな》がるだろう。そんな彼等《かれら》を元に戻せば、この世界に人間の住処《すみか》が復活することになる。

もしそんな未来を摑《つか》むことが出来たなら、近郊に戦うべき相手は居なくなるため、次の広範囲領域の奪還……即ち、別の《邪神》を討伐することが我々の新たな目的となろう。

となれば必然、エリザの言う通り、別拠点との合流・合併ということになるわけだが、

「この大陸に存在する拠点は俺達のそれと」

「セシリアが擁するそれの、二カ所となりますな」

「……その司令官はどんな人物なんだ？」

「はは。そう心配せずともよろしいかと。奴《やつ》は特に癖のある性格はしておらぬ。敬虔《けいけん》な聖教信者で、誰に対しても分け隔てなく接し、責任感が強い。そのうえ戦力も高く、頭もキレる。まるで頭目になるべくして生まれてきたかのような女だ」

「ほう。欠点のない完璧な才女といった感じか」

「うむ。もし短所があるとしたなら…………性欲ぐらいなものか」

「性欲？　……神の僕《しもべ》だからこそ、そういうことに関して不寛容だと？」

「いや、その真逆だ。その奔放ぶりはわたしをも超えている」

「……癖がないって、そう言わなかったか？」

「それはわたし基準の話だな。性欲が強すぎるだけなら癖のある人物とは呼べん」

「じゃあ……エリザにとって癖のある人物って、誰なんだ？」

「…………マリアは間違いなくそう言えるだろうな」

「ええっと、確か《霊装》を開発した魔導学者、だったか。彼女も《戦乙女《ヴァルキリー》》に？」

「ええ。兄たる貴殿に再会するまでは死ねぬと言って、自ら肉体を改造したとか」

「……兄、ねぇ。俺には妹なんて居ないはずなんだが」

「妄言の可能性が高い。奴ならばそれぐらいは当たり前だ。なにぶん頭の螺子《ねじ》というものが全て弾《はじ》け飛んでいるような奇人であるからな」

エリザの隣で、ソフィアが「うんうん」と大きく頷いていた。

「とはいえ、貴殿の再来と評された頭脳は間違いなく本物。奴とも早急に合流したいところだ。貴殿とマリアが智恵《ちえ》を出し合えば、想像もつかぬような兵器が生まれるだろう」

「けど、そのためには海を越えなくちゃいけない。……かなり先の話になりそうだな」

海を支配領域とする《邪神》は今のところ確認されておらず、《眷属》についても同様であるため、海路を進むこと自体は難しくない。

しかし海岸付近の領域はゾルダとはまた別の《邪神》が支配しているため、先程述べた通り、渡航はかなり先の話となるだろう。

そんなことを考えつつ、俺は直近の目標について、エリザに問い尋ねた。

「鉱山に蔓延《はびこ》る敵方の情報は、掴めてないんだよな」

「そうだからこその動員数であり、わたし自らの出撃でもある」

「まぁ、これだけの数が居れば問題はないだろう。移動中も皆を強化しているわけだし、《眷属》が相手であれば――」

必要以上に畏れることはないと、そんなふうに言葉を紡ぐ、直前。

「……ッ！　この音は……！」

遥か前方にて生じたそれはおそらく。

「破壊音、ですな」

「敵襲ってわけね」

「……先行させていた部隊はそれなりのパラメーターを持つ第三世代。これを破ったとなれば…………早急に前方へ向かうぞ。このままだと無駄に人員が減りかねない」

俺は先陣を切る形で地面を蹴った。

走る。走る。走る。

現地へ近付くごとに強まる、闘争の音響。

心の中で吹《ふ》き荒《すさ》ぶこの臆病風は……普段のそれではない。

この嫌な感覚は、まさか。

「オズ」

並走していたソフィアの美貌に強い緊張が宿る。

「負け戦になる可能性が高くても、絶対に戦わなくちゃいけないときって、あるわよね」

今の彼女はもはや、可憐《かれん》な少女ではない。

命を擲《なげう》つ覚悟を決めた戦士。

それはエリザにしても同様であったが、

「……ここが我々の死地となるやも、しれませんな」

彼女の口から初めて、弱気が漏れ出た。

否定すべきだとわかっている。嘘《うそ》でもいいから、「そんなことはありえない」と断言すべきだった。しかし……目に飛び込んできた光景がそれを許さない。

まさに地獄絵図。数多くの《戦乙女《ヴァルキリー》》達が、亡骸《なきがら》となって地面に横たわっている。

そんな有様《ありさま》を創り上げた怪物が、こちらを目にして笑う。

「よう。久方ぶりだな、ご両人」

それは、人型の人外。

隆々たる巨体には装飾もなければ武装の類いもない。

鋼で構成された筋肉。それだけで十分だといわんばかりの装《よそお》い。

事実、奴は己《おの》が五体のみを駆使して、目前に立つ全てを粉砕し続けてきた。

「ッ……！」

これでもう何度目だろうか。

奴が俺に、想定外の衝撃を与えてきたのは。

ガタガタと震え始めた自分の足を、思い切り叩《たた》きながら、俺は奴を睨《にら》む。

大賢者に敗北の苦渋を舐めさせ、人間としての勇者を殺した男。

その名は。

「――ゾルダ＝ゴー＝グラフトッ！」

無意識のうちに放たれた黒い熱意。奴はそれを平然と受け止め、

「戦士は常に、筋肉を育《はぐく》まねばならない」

人に酷似した鋼の面貌……ゾルダのそれがギシリと歪《ゆが》む。

まるで、笑みを浮かべるかのように。

「肉体的な筋肉はもとより精神的なそれもまた必須。あるいは後者こそが、もっとも鍛えるべき筋肉と言えるだろう。そして筋肉の成長とは苦痛を伴った破壊によってのみ得られるもの。それゆえに……己《おれ》は、貴様等にそれを与えに来たのだ」

両腰に手を当て、ぐっと全身に力を込めるゾルダ。

鋼によって構成された筋肉が膨張し、その瞬間、桁外れの圧が生じた。

「鉱山の奪還を果たし、武装面の強化を行う。それは合理的判断に基づけば良策といえよう。だが……己《おれ》からすれば、屁《へ》のつっぱりにもならぬ。武装の充実は安心感という甘えに繋がり、甘えは精神をベスト・ワークから遠ざける」

言い終えると、奴は片手を腰から離し、広げてみせた。

まるで「この体たらくを見ろ」と言わんばかりに。

「大賢者よ。貴様は奴等に恩恵を与えたようだが……むしろそれは逆効果だ。どいつもこいつも戦力を増した自分に安堵《あんど》していた。それではいけない。真の強さとは常に、苦境を乗り越えたときにしか得られぬもの。安楽《あんらく》を伴って得られた力は惰弱な精神《きんにく》を創る」

太い息を吐いてから、奴は次のように締めくくった。

「前置きが長くなってしまったが、要するに――己《おれ》が与える痛みを、乗り越えてみせよ」

来る。そう直感したのは俺だけじゃなかった。

「顕現せよ、アグニッ！」

「来なさい、グラン＝ギニョルッ！」

エリザが真紅の槍《やり》を、ソフィアが漆黒の盾と剣を召喚し、周囲の《戦乙女《ヴァルキリー》》達へ叫ぶ。

「総員、撤退ッ！」

「あたし達が時間を稼ぐッ！　その間に逃げなさいッ！」

妥当な判断であった。

奴とまともに戦えるのは我々三名のみ。

俺、ソフィア、エリザ。この三名でやるしかない。数百年越しの、復讐《ふくしゅう》戦を。

「さて……貴様、エリザといったか」

球体状の金属、眼球にあたるそれをギョロリと動かし、ゾルダがエリザを見た。

獣の耳を尖《とが》らせ身構える。そんな彼女にゾルダは、

「我等の闘争に余計な添え物は要らぬ」

乾いた音が響く。

弾丸の射出音に似たそれは、実際、一定の質量が音速を超えて推進した証《あかし》。

そう――ゾルダは音を超える速度で、動作出来るのだ。

「――――ッ！」

音速移動に伴う衝撃波が我々の五体を叩く中。

気付けば、奴はエリザの目前に立っていた。

「ちぃッ！」

《固有技能《オリジナル・アーツ》》の発動。

彼女が有するそれは動作スピードの向上である。

なるほど確かに、平時の千倍速を以《もっ》てすれば、音速の戦いにも対応出来よう。

しかし。

「――速筋を鍛えて出直してこい」

発動を証する炎が彼女の全身から噴き上がると同時に。

ゾルダの拳がエリザの腹部へとめり込んだ。

「がはッ……！」

吹き飛ぶ。

エリザの体が放物線を描きながら宙を舞い、やがて地面へと落下。

「う、ぐっ……！」

吐血しつつも、立ち上がろうともがく。致命傷ではなさそうだが……もはや戦えまい。

初手の段階で戦力が一人沈んだ。そんな現実を前に、心が圧《お》し潰されそうになる。

だが。

「来るわよ、オズッ！」

ソフィアの叫びが耳朶《じだ》を叩いた瞬間、俺は無意識のうちに動いていた。

真横へ跳躍。その直後、轟音《ごうおん》が響き渡り……地面に大穴が空いた。

「どうやら勘は鈍ってないようだな。嬉《うれ》しいぞ、大賢者」

鋼の面貌に太い笑みを宿すゾルダ。

その全身は朱色に染まっており、中でも特に両脚が顕著であった。

音速運動に伴う空気抵抗が奴の鋼体《こうたい》に赤熱をもたらしたのだ。

……前回の戦いにおいては、何も出来なかった。

あまりにも高い戦力差に、手も足も出なかった。

だが今は違う。

「ソフィア。プランはあのときと同じだ。君が前で俺が後ろ。いいな？」

「えぇ……！　生まれ変わったあたしの力、あいつに叩き付けてやる……！」

かつての敗戦とまったく同じ戦法。さりとて、その結果は別物となろう。

「死を迎えてなお現世にしがみつき、人外となりて我が前に立つ勇者、か。胸が躍るな」

膨張する戦闘意思。それが弾けたかのように、奴《やつ》は真《ま》っ直《す》ぐ飛び込んできた。

弾丸並みの速度で突撃する鋼の巨体。

その運動能力はソフィアの反応限界を遥《はる》かに凌駕《りょうが》している……が、しかし。

「────ッ！」

なにゆえソフィアが勇者と呼ばるるようになったのか。

それはひとえに、常人には理解し難《がた》いほどの武才と、勇気によるものだった。

「ぬぅんッ！」

太い声と共に繰り出されたゾルダの拳。

エリザでさえ反応出来なかったそれを……次の瞬間、ソフィアは易々《やすやす》と躱《かわ》してみせた。

「りゃあッ！」

返礼の斬撃が敵方に裂傷を刻む。奴からすれば軽傷ですらないダメージだが、それでもゾルダは全身を震わせ、ソフィアに畏敬の念を表した。

「ふはッ！　あのときと変わらぬ狂人ぶりッ！　それでこそ勇者よッ！」

称賛するゾルダの目前に立つソフィア。

その目は、固く閉じられていた。

奴が踏み込むと同時に、彼女は視覚情報の全てを捨てたのだ。

目で追うことは出来ない。ならば他の感覚を研ぎ澄ませ、野生の勘で以て捌《さば》く。常人であれば肉体的にも精神的にも実行不可能なそれを、ソフィアは容易《たやす》くやってみせた。

「るぅあッ！」

「フッ……！」

敵方に呼気を合わせ、軽やかに躍動。ゾルダの五体は彼女の体を掠《かす》めることさえなく、逆に、その巨体は黒き刃によって刻まれていく。

当然ながら、俺も手をこまねいているわけではない。

身体強化の魔法で以て視神経の働きを極限まで高め、両者の戦闘を瞬《まばた》きすることなく観察し……機を見計らって、火属性の魔法を放つ。

大蛇のように地を這《は》うそれはソフィアの股下を通り、敵方の脚部へと絡《から》み付く。

「五秒以内に、次を撃ち込んだならッ……！」

その一撃が勝利を呼び込むだろう。

奴の超音速運動は確かに脅威だが……弱点はある。

超音速で動作出来るということ、それ自体が強みであると同時に、弱みでもあるのだ。

推進に伴う空気抵抗は物体の速度が上昇するほど強くなる。

音を超えるスピードともなれば、襲い掛かる負荷は凄《すさ》まじいものとなろう。

「高い硬度を持つ金属でさえ、その脅威からは逃れられないッ……！」

硬さゆえに空気抵抗の力で潰れるようなことはないが、しかし。

摩擦によって生じた赤熱は確実に、奴の鋼体を崩壊へと導くだろう。

その瞬間が今、俺の手によって生み出された。

「これで最後だッ……！」

隙を突く形で撃ち込まれた火属性の魔法が、ゾルダの脚部へと直撃し――

「むっ」

奴の両脚が、そのとき、ドロリと溶けた。

「金属は温度に応じて、性質を変える……！」

融点以下なら固体。融点を超えれば液体。

　空気抵抗による摩擦熱に加え、我が火属性魔法による温度上昇により、金属で構成されたゾルダの脚は今、液体へと変じていた。

「過去の俺達はお前の速度に付いていけず、その弱点を突くことも出来なかった」

　だが今は違う。

《戦乙女《ヴァルキリー》》へと生まれ変わったソフィア。それはただ一つの変化に過ぎないが、しかし。

　その変化こそが、勝利の鍵だったのだ。

「やっちゃえ、オズッ！」

「あぁッ！」

　我が火属性魔法の奥義《おうぎ》。

　平時であれば掠《かす》らせることさえ出来なかったであろう、大技。

　しかし。

「その状態でッ！　躱せるものならやってみろッ！」

　突き出した掌《てのひら》から豪炎が放たれる。

　それは渦を巻いて推進し……巨大化。

　全てを呑《の》み込み、焼き尽くさんとするその姿は、まさに竜の化身であった。

「ふはっ――」

断末魔の叫びと呼ぶには、あまりにも明るい声。

次の瞬間、奴の全身が炎に包まれ……魔法が消失すると同時に、俺は拳を握り締めた。

「オ、オズ」

「あぁ。俺達の勝利だ」

《邪神》の姿はもうどこにもない。

豪炎によって呑み込まれた奴の巨体は今や、液体化した金属の塊となっている。

「さすが、ですな。オズ殿」

ダメージが回復したか。エリザがこちらへと歩み寄り、称賛の言葉を投げてきた。

「俺の力じゃない。ソフィアが居てくれたからこその勝利だ」

「ふふんっ！　まぁ～ねっ！　あたしとオズは無敵の――」

完全なる戦勝ムード。

そんな我々の興奮を、断ち切るかのように。

「詰めの甘さは筋肉の成長を妨げ……勝利を遠ざける」

声。

淡々としたそれが耳に届いた瞬間、俺達は一斉にそちらへと目をやった。

ドロドロに溶けた金属の塊が、変異している。

首だけの状態ではあるが、しかし……奴はまだ、死んではいない。

「チィッ！」

再びの火属性魔法。だが、発動と同時に敵方が凄まじい速度で再生。

首から下が一瞬にして形成される。

当たらない。この一撃は、回避されてしまう。

そう確信し、俺は次の手を探ろうとするのだが……奴は動かなかった。

躱せるはずのそれを、棒立ちのまま、受けてみせた。

果たして灼熱《しゃくねつ》の奔流はゾルダを呑み込み――

「そんな、馬鹿な」

ほんの僅か程度のダメージしか、与えることが出来なかった。

今し方の大技はゾルダの鋼体を融点に導くほどの火力を有していたはず。

なのに、どうして。

「己《おれ》を構成する物質は、金属の性質を持つ微生物の集積体だ」

両腰に手を当てながら、ゾルダは自身が有する力を滔々《とうとう》と語り始めた。

「それらは破壊された瞬間、自己修復、あるいは増殖を行い、より強い形へと変化する。

破壊と再生を繰り返すことで筋肉が強化されていくように、な」

それは、つまり。

「我が鋼体は完全消去しない限り何度でも再生し──」

言葉の途中。

俺は腹部に衝撃を覚えた。

「──再生する度に、我が戦力は倍増する」

反応出来なかった。

俺達は皆、ゾルダの動きが見えなかった。

気付いた頃には、もう……俺の腹部に、手刀が突き刺さっていた。

「がッ……！」

激痛を感じると共に、臓腑《ぞうふ》から込み上げてきたそれを吐き出す。

鮮血がゾルダの腕に降りかかり、びちゃびちゃと音を鳴らした、そのとき。

「こ、のぉッ！」

「疾ィッ！」

ソフィアとエリザ、両者が《霊装》を振るう。

漆黒の刃と真紅の穂先は、しかし、あえなく空転。

いつの間にか奴は離れた場所に立ち、こちらの腹に空いた風穴を見て、

「その傷では一手分のミスも許されない。さぁ、どうする？　大賢者」

重傷を負ったことによる激痛は、脳内物質の大量分泌を以《もっ》てしても和らぐことなく。

迫り来る死神の気配が、俺の肉体機能を極限のそれへと引き上げた。

目に映る全てが鈍化する。

赫怒《かくど》の情を見せるソフィアとエリザ。……ダメだ。闇雲に突撃しても意味がない。

現時点において、最適解となる行動は。

「エリザッ……！　機を見て、走れッ……！」

具体的な説明が出来るほどの余裕はない。

だが彼女なら読み取ってくれるだろうと俺は信じた。

反応を待つことなく、次の一手を打つ。

まずは布石。

俺は苦悶《くもん》を零《こぼ》しながら腹部を両手で押さえ……ある魔法を発動。されどゾルダの目には、こちらが傷の痛みに苦しんでいるようにしか見えなかったはずだ。魔法の発動を示す指輪の煌《きら》めきは、もう片方の手で隠されていたため、敵方に悟られてはいない。

そのように確信しつつ、今度は意図的に見せ付ける形で、攻撃の魔法を発動する。

殺到する超高温の火属性魔法。

それを前にして、奴は太い笑みを浮かべ、突進。

「一手分のミスも許されぬと、そう言ったはずだぞッ！　大賢者ッ！」

ゾルダの目には、考えなしの一撃に映ったのかもしれない。

だが、こっちからしてみれば。

「お前は、知識不足だ……！」

豪炎の只中《ただなか》を突き進むゾルダが、我が眼前へと躍り出た、そのとき。

「ほう」

奴《やつ》の全身にヒビ割れが生じ、動作が停止する。

これは金属の性質によるものだ。

高温になると伸びて、低温になると縮む。

それらが急激に生じた場合、金属は大きなダメージを受ける。

奴の行動はこちらの読み通りだった。

灼熱の中を進み、自らの体を高温状態にして……事前に打っておいた布石により、超低温環境となっていたこちらの目前へと、やって来た。

その温度差によって奴の鋼体に不具合が生じたのだ。

「やはり窮鼠《きゅうそ》は猫を噛《か》むものだな。実に素晴らしい」

拳を構えたまま悠然と立つゾルダへ、俺は次手《じて》を打った。

土の属性魔法。大地を隆起させ、敵方の全身を覆い尽くし、圧縮。

それからすぐに土塊《つちくれ》の性質を炭素へと変化させ、さらに圧縮。

やがてゾルダは煌めく宝石……ダイヤモンドの檻《おり》に封じ込められた。

ダイヤモンドは衝撃にこそ弱いが、引っ張る力には極めて強い。

その封牢《ふうろう》は奴に密着する形となっているため、打撃による衝撃でそれを破壊することは不可能。

これで、時間稼ぎは出来た。

「オズ殿ッ！」

エリザの声が耳に届いてからすぐ、視界に映る景色が一瞬にして変化した。

あぁ、よかった。彼女はこちらの意図を酌《く》んでくれたらしい。

《固有技能《オリジナル・アーツ》》を発動させた彼女は超スピードで以て、俺とソフィアを抱きかかえつつ、現場から離脱。

敵方から大きく離れたことを確認すると、俺は治癒の魔法で以て自らの傷を癒やした。

腹部に空いた穴が瞬く間《またたくま》に塞がっていく。

しかし失われた血液は戻らず……意識が、遠のいていく。

そんな中、遥《はる》か遠方から、奴の声が飛んできた。

「破壊と再生によってッ！　大賢者よッ！　貴様はさらに強くなるだろうッ！」

追いかけてくるような様子はない。

「再生には時が必要となるッ！　ゆえに一月分の時をくれてやろうッ！」

奴はただ、叫び続けた。

「次が最後だッ！　三度目の戦はッ！　どちらかが死ぬまで行うッ！」

楽しそうに。心の底から、楽しそうに。

奴は我々へ、宣戦を布告する。

「一月後ッ！　貴様等《ら》の拠点へ襲撃を仕掛けるッ！　全面対決だッ！　己《おれ》が滅ぶか、貴様等が滅ぶかッ！　白黒ハッキリ付けようではないかッ！」

それを耳にして、何かを思うよりも前に。

俺はエリザに担《かつ》がれたまま、意識を失った――

第六話　元・底辺村人と、エスカレートする強化行為《プレイ》

拠点へと帰還した頃、皆の顔は総じて暗く、誰一人として口を開こうとさえしなかった。

しかし……ただ一人、ソフィアだけは堂々と胸を張って、

「《邪神》と戦って生き延びた！　まずはそれを誇りなさい！」

純白の美貌にはマイナスの情念など微塵《みじん》もない。

未来への希望と確信。それだけを宿しながら、彼女は己が熱を声に乗せて叩《たた》き付《つ》ける。

「今回の戦いは敗北じゃない！　生きてさえいたなら、それは負けたことにならない！

あたし達は立て直せる！　もう一度、あいつと戦える！　そして……あいつに、勝つ！」

なんの根拠もない言葉だが、しかし、それでも。

「まだ、私達は死んでない……！　姉様や大賢者様も、ご健在……！」

「やられっぱなしじゃ、終われないわね……！」

ソフィアの熱が皆に伝播《でんぱ》する。

これもまた、彼女の勇者たる所以《ゆえん》。まさに圧倒的なカリスマであった。

「……エリザ。すぐに会議を開こう。発議したい案件がある」

「は。仰《おお》せのままに」

幹部達を集めての談合にて、俺はしばらく一方的に語り続けた。

脳裏に浮かべた策略、その全てを。

「……なるほど。それならば」

「命を賭けるだけの価値はある、か」

どうやら賛同してくれたらしい。

皆の顔には気力が漲《みなぎ》っていた。

「大賢者の称号は、やはり伊達《だて》ではありませんな、オズ殿」

エリザの称賛を受けつつ、俺は話を進めていく。

「今し方の計画を一月で成すには結構な人員が必要となる。全員をそこへ回せば最高効率となるだろうが……皆の強化が必須であることを思えば、それは避けるべきだな」

「全員のスケジュールを決めましょう。夜が明ける前に」

幹部一同と共に詳細を詰めていく。

陽が昇る頃には議論すべき内容の全てが決定され……

ゾルダの襲撃から二日後の夜。

我々は強化行為《プレイ》に及ぶべく、大部屋へと集合した。

参加者は数十名。

主戦力たるソフィアとエリザ。

そのサポート役として選出された、シャロンやリゼを含む精鋭の《戦乙女《ヴァルキリー》》達。

彼女等《かのじょら》を前にして、俺は硬い表情となりながら、

「先日の襲撃により、我々が辿《たど》るべき理想的な道筋は潰《つい》えてしまった」

本来であればエリザが提案したプランを実行し、鉱山を奪還したうえで皆に高品質な《霊装》を支給。そうしつつ強化行為《プレイ》によって拠点内に存在する《戦乙女《ヴァルキリー》》全員の戦力を向上させ、質と物量が伴った大部隊で以て一気呵成《いっきかせい》にゾルダを討つ……というのが理想だった。

「奴が提示した準備期間は一月。そんな短期間では《霊装》の支給すらままならない」

鉱山の奪還と《霊装》の開発。これらは甘く見積もっても二月近くかかるだろう。

よって我々は別プランを選択するしかなかった。

「ゾルダとの決戦は少数精鋭で臨む。つまり……ここに居る者達だけで、奴を討つ」

この宣言に対し怯《おび》えを見せるような者は一人も居なかった。

さすが選《え》りすぐりのメンバーといったところか。全員、覚悟が決まっている。

「具体的な作戦についてだが」

その内容を説明した後、俺はそこへ至るまでに必要な過程について語り始めた。

「作戦成功の鍵は皆の強化。それも生半可なものじゃない。この一月でここに居る三九名、全員のパラメーターが現在値の一・五倍から三倍以上の状態になっていなければ……おそらく高確率で、俺達は奴に敗れることとなる」

ここで初めて皆の表情が曇った。

「一・五倍から三倍以上……」

「とんでもない上昇幅っスね……」

シャロンとリゼが漏らした声は、まさに皆の総意であったが、

「不可能を可能にせねば勝利を得ることなど出来ぬ」

「そのための方法はオズの頭の中にある。そうでしょ？」

エリザとソフィアのみ、まったく動じてはいなかった。

その瞳にはこちらに対する強い信頼だけがある。

俺はそんな二人に応える形で、彼女等の強化計画を口にした。

「皆のパラメーターは強化行為《プレイ》における興奮度合いによって変動する。それが高ければ高いほど、上昇値もまた大きな値となるわけだ」

ここから先の内容は少々憚《はばか》られるものだが……俺は恥を捨てて、続きの言葉を紡《つむ》いだ。

「俺はこれまで、様々な方法で君達を強化してきたが……心のどこかでこう思ってたんだ。これって倫理的にどうなんだろう、と。そんな考えがストッパーになっていて、次のステージへ至ることを拒否していた。しかし……」

「もはやそのような考えは捨てるべきであると、そう結論付けられたのですな」

「あぁ。倫理や道徳、そして品性を保ち続ければ、皆が死ぬ。だから……今後は段階を経て、行くところまで行こうと思ってる」

決然と放った言葉。これに対し、皆、頬を紅潮させながら、

「ほほう。それはそれは」

「オズワルド様と、行くところ、まで……！」

「んっ……♥　想像しただけで、下腹部《ココ》が疼《うず》くっスねぇ……♥」

この場に立つ者は強化行為《プレイ》による伸びしろが極めて高い、選りすぐりの精鋭である。

それはつまり、行為に及んだ際の興奮度合いが一際《ひときわ》強いということ。

あけすけに表現するならば……ここに居る者は全員、生粋のドスケベであった。

ゆえに今、誰もが発情した様子でこちらを見つめているのだが。

しかし一人だけ。ソフィアのみが、複雑な表情をして俯《うつむ》いていた。

……彼女の気持ちは理解出来る。とはいえ、それを慮《おもんぱか》ってやることは難しい。

この行いはどうしても、必要なことだから。

俺はあえてソフィアの存在を意識の外へ追いやると、皆へ次の言葉を投げた。

「先程も述べた通り、行為は段階的にエスカレートさせていく。よって今回からいきなり過激な行為に及ぶつもりはない」

「賢明なご判断ですな。いかなる淫行もいずれは慣れが生じるというもの。いきなりレベルを上げれば、目先の強化値は高まりましょうが」

「あぁ。将来的には大きなマイナスになる」

俺の発言にエリザは小さく頷《うなず》くと、

「では――強化行為《プレイ》内容について一つ、わたしから提案させていただきたい」

こちらの首肯を認めてからすぐ、エリザは次の言葉を放った。

「全員の性癖に見合った強化行為《プレイ》。これが現状の最適解になるかと」

そう述べてからすぐ、彼女は具体案を口にする。

「わたしの場合ですが、オズ殿もご存じの通り、このエリザ、生粋のマゾにございます」

「……あぁ、そうだな」

「強い好意を抱く相手に肉体的、あるいは精神的な責め苦を与えられること。それがわたしの癖《ヘキ》ということになりますな。そこを踏まえての第一段階。即《すなわ》ち……公開スパンキング&言葉責め。これを是非ともお願いしたい」

エリザの提案は想定の範疇《はんちゅう》であったが……しかし、難題であることには変わりない。

彼女のプランに応じて極限以上の興奮をもたらすにはサディストとしての資質が必要になるだろう。さりとて自分にそのようなモノが宿っているとは思えない。

……だがそれでも、挑戦せざるを得ないのだ。

事ここに至り、諦めるという選択肢など、どこにもないのだから。

「わかった。ではベッドへ上がり、四《よ》つん這《ば》いに――」

「オズ殿。既に強化行為《プレイ》は始まっております。それが終わるまでは常に粗暴な命令口調で。また、わたしのことは名前で呼ぶことなく、駄犬と呼んでくだされ」

ピンッと獣耳を立たせながら指摘してくるエリザ。

正直、そんな酷《ひど》い扱いをするのは心苦しいのだが……それを本人が望むのであれば。

「主人に向かって要望とは生意気だな、この駄犬が。さっさとベッドへ行け」

「っ……！　りょ、了解した、主様《あるじさま》……！」

頬を緩ませながら、尻尾を左右に振る。

そうして彼女はベッドへ上がると、四つん這いの体勢となって……

ムッチリとした黒尻をこちらへ突き出してくる。

実に淫靡《いんび》な光景であった。主役となる安産型のムチ尻《ケツ》は当然のこと、その周りを固める脇役達もドエロい雄姿を見せ付けている。

よく引き締まった筋肉質な太股《ふともも》。

薄い布地により辛《かろ》うじて隠された秘所。

その左右にてささやかに自己主張する鼠径《そけい》部。

エリザは褐色のそれらを小さく揺らしながら、興奮した調子で言葉を紡ぎ出した。

「で、では主様、早速――ひゃうっ」

要望をあえて聞くことなく、俺は彼女の黒尻を無遠慮に摑《つか》む。

そうして「ぐにっ、ぐにっ」と揉《も》みしだきながら、

「主人に命令とは良《い》い度胸だな」

「ひぅっ！　め、命令の、つもりでは……んぅっ！」

「駄犬の分際で口答えをするな」

皆の前で罵声を浴びせられ、自らの望みに反した行動を取られる。

こちらなりにサディズムを表現したつもりだが……どうやら正解だったらしい。

強い輝きを放つエリザの刻印。その様相を目にしながら、俺は指に力を込めた。

ぐみゅっ♥　ぐみゅっ♥　ぐみゅっ♥　ぐみゅっ♥　ぐみゅっ♥

欲求に従って動くとしたなら……このまま延々とエリザの尻を揉み続けていたい。

掌《てのひら》に伝わる淫《みだ》らな弾力はあまりにも魅力的で、大事な目的を忘れそうになる。

しかし俺はなんとか正気に戻り、

「どうしてもらいたい？　ちゃんとおねだり出来たなら――」

「は、はい主様っ！　エリザの尻を皆の前で、お好きなように――ひゃううううんっ！」

言葉の途中。

俺は彼女の黒尻を思い切り叩《たた》いた。

スパァンッ！

室内に乾いた音とエリザの嬌声《きょうせい》が響き渡る。

「主人の！　言葉に！　被《かぶ》せるとは！　しつけのなってない犬だな、お前は！」

「ひぃうううううんっ♥　も、もうしわけ、ございま、せぇぇぇぇんっ♥」

スパァンッ！　スパァンッ！　スパァンッ！

褐色のムチ尻《ケツ》を左右交互にブッ叩く。

そのたびに「ぶるんっ、ぶるんっ」と尻肉が淫らに揺れ動き――

彼女の刻印が、強烈な煌《きら》めきを放ち始めた。

未《いま》だかつてないほどの、凄《すさ》まじい発光具合。

パラメーターの上昇値についても同様であった。

第一世代であるエリザは極めて伸びが悪いはずだが、しかし今、その伸び方は尋常なものではない。第七世代が初めて強化行為《プレイ》を受けたとき以上の上昇率となっている。

すごい。

これは、すごいぞ。

エリザの成長に興奮を禁じ得ない。

だからこそ。

俺は強化行為《プレイ》に対し、さらなる熱量を注《そそ》ぎ込んだ。

尻を叩く力をさらに強め、そして。

スパートをかける。

パァンッ！　パァンッ！　パァンッ！　パァンッ！　パァンッ！

力強く、スピーディーに打ち込んでいくと、やがてエリザは腰をガクガク震わせ始め、

「オ、オズ殿っ♥　も、もう、十分ですっ♥　こ、これ以上、はぁっ♥」

なにゆえエリザが制止の言葉を放ったのか。当然、俺は理解している。

理解した上で、俺はスパンキングを続行した。

「ダ、ダメですぅっ♥　オ、オズ殿ぉっ♥　こ、このまま、ではぁっ♥」

さしものエリザも限度というものがあるのだろう。

衆目の前で尻を叩かれ、蕩《とろ》け顔を晒《さら》すまでは許容の範囲。しかしながら……ここから先に至ることは、憚られる。だから彼女は自らの尻尾でそこを隠そうとした。

そう、あまりにもみっともないことになり始めている、股間部を。

「オ、オズ殿っ♥　ご、後生、ですからぁっ♥　もう、これで──」

「ダメだ」

このまま続行すれば、エリザはさらに強くなれる。

そう確信しているからこそ、心を鬼にせねばならない。

俺は左手で尻叩きを続行しつつ、右手で彼女の尻尾を摑んだ。

「ひぃいいいんっ♥　ダ、ダメです、オズ殿っ♥　そ、そのようなことをしてはっ♥」

暴れ回る尻尾を制御し、さらに、魔法を用いてエリザの四肢を固定。

これでもう絶対に、逃げられない。

「うぎぃっ♥　ふっ♥　ぎゅうっ♥」

歯を食いしばって必死に堪えるエリザだったが、しかし。

「ダ、ダメ、だっ……♥　も、もうっ……♥　げんか、いっ……♥」

遂《つい》にその瞬間が訪れた。

そんな確信を抱くと同時に、俺は天高くへと左手を掲げ――

バッチィイイイイイイイイイインッッ！

渾身《こんしん》の張り手をエリザの黒尻へと叩き込む。

その一撃が、トドメとなった。

「――――――――っ♥」

激しい嬌声が室内に響き渡り……

大洪水が、発生する。

「ん、ぁ……」

突き出したままの下半身を「びくんっ、びくんっ」と、激しく痙攣《けいれん》させるエリザ。

そうしてベッドシーツを穢《けが》し続ける彼女の姿を見つめつつ、俺は呟《つぶや》いた。

「大成功、だな」

黒いカタルシスが落ち着き、その代わりに、冷静さと自己嫌悪《けんお》が湧き上がってくる。

後者をどうにか無視しつつ、俺はエリザの強化行為《プレイ》結果を皆に伝えた。

「今し方の強化行為《ブレイ》によるパラメーターの向上は……およそ、二〇パーセント」

　この報告を受けて、場が沸き立った。

「希望が見えてきたわね……！」

「うん……！　このまま順調に行けば……！」

「私達で、《邪神》を……！」

　意気軒昂《いきけんこう》となる《戦乙女《ヴァルキリー》》達。

　そんな中。

　俺は彼女へ目をやり、言葉を投げる。

「次は……君だ、ソフィア」

　こちらの呼びかけに対し、ソフィアは小さく肩を震わせ、

「う、うん」

　頬を紅《あか》く染めながら、緊張した面持ちで頷く。そんな彼女の脳裏には、「何をされるんだろう？」といった羞恥と、ある種の期待感が満ちているのだろうが……

　正直、困っている。何せソフィアにはエリザのような特殊性癖などまったくないのだ。

ゆえにどのような行為を以《もっ》てすれば極限以上の興奮に導けるのか、本当にわからない。

　……まずは攻略の糸口を探る必要があるな。

「君は何か、してほしいこととか、あるのかな？」

「えっと……あたし、そういうのよくわかんなくて…………あっ、でも」

「ん？」

「趣旨とはかなり、外れたことを言っちゃうけど」

「構わない。なんでも言ってくれ」

「ん。じゃ、じゃあ……」

緊張を強めながら、彼女は次の言葉を紡《つむ》ぎ出した。

「ちょ、ちょうどいい、機会だし……み、皆に、あんたの気持ちを、伝えて、ほしい」

聞く者によっては意図が読めぬ内容であったろう。

だが俺にはわかる。彼女のいわんとすることが。

この場で告白をしてくれということだろう。

俺がソフィアに対してどう思っているのか。

それを皆に伝えてほしいのだと、そういうことだろう。

「あ、あんたが皆とそういうことするのは……仕方ないことだと、思う。そ、それに……

あんたが大勢の子と、そういう仲になる、ことも」

ソフィアは俺の内心を誰よりも理解している。

今し方の言葉は、そうだからこそ紡がれたものだった。

「肉体的な交わりを続けていけば……特別な情が芽生えても、おかしなことじゃない」

唇を噛《か》むソフィア。

その表情はエリザとの強化行為《プレイ》を実行する前に見せたそれと、まったく同じ。

独占欲を必死に抑えている。そんな様子だった。

「頭じゃ、わかってるのよ。あんたは一筋に誰かを愛するべきじゃない。むしろ大勢とそういう関係になるべきだって。でも……心がまだ、納得してない」

だから、と前置いて。

彼女は懇願するように、次の言葉を紡ぎ出した。

「ここでハッキリさせてほしいの。あたしとオズが、どういう関係なのか」

真《ま》っ直《す》ぐにこちらを見据えるソフィアの瞳。

彼女の視線には、いくつものメッセージが込められているように思えた。

誰と結ばれてもいい。何人と結ばれても、いい。

けれど、せめて、自分が一番でありたい。

「……ソフィア」

俺は、そんな彼女の想《おも》いに応えた。

「君が好きだ。君のことを、愛している」

皆が見守る中、ソフィアと見つめ合う。

彼女の瞳には羞恥があった。しかし、それ以上の喜びがあった。

「……あたしもよ、オズ。これまでずっと、言えなくて。だから……あんたが居なくなった後、毎日、後悔してたの。自分の気持ちを伝えておけばよかった、って」

「寂しい思いをさせてしまったな」

「ううん。いいの。あんたは今、目の前に居るから」

はにかむように微笑《ほほえ》むと、ソフィアは口元を震わせ——

次の瞬間、背伸びをして、自らの顔をこちらへと近づけてくる。

これまでずっと、俺はその行為を避け続けてきた。もし、そうしてしまったなら、歯止めが利《き》かなくなってしまうのではないかと、危惧していたからだ。

しかし、もはや。

彼女の欲求を、止めはすまい。

気付けばソフィアのあどけない美貌が目の前にあって。

唇に、柔らかな感触。

それは触れ合う程度の軽いキスだったが、しかし。

「えへへ、シちゃった……♪」

愛する幼馴染《おさななじ》みとのファースト・キス。

愛する幼馴染みの、イタズラっぽい微笑み。

何もかもが、俺の脳を灼《や》き尽くすような刺激物であり、それゆえに。

予想通り、一瞬にして、理性が弾《はじ》けた。

「んっ……⁉」

二度目のキス。それはもう脊髄反射に等しい行動であった。

大きく開かれたソフィアの瞳をジッと見つめながら、俺は自らの欲望を解き放つ。

「んんっ……ちゅっ……」

まずは啄《ついば》むようにキスをして、彼女の柔らかな唇を存分に楽しみ尽くすと、

「んぁっ……ちゅっ……れちゅっ……ぇろっ……」

口内に舌を入れて、ソフィアの歯列をなぞっていく。

息苦しくなったら僅かに口を離し、酸素を取り入れ、すぐさま再開。

そうしていると。

「ちゅくっ……♥　んぇろっ……♥　んちゅっ……♥」

絡《から》み合《あ》う舌の合間から漏れ出るソフィアの吐息に、甘やかな色が宿り始めた。

それと同時に、彼女の刻印がこれまでにない発光を見せる。

「っ……！」

俺は理解した。これこそが、ソフィアの中に存在する、秘められたスイッチなのだと。

皆の前でイチャつく。それこそが、彼女を効率的に強化する方法だったのだ。

そうした気付きによって、失われていた理性が戻ってくる。

よし。

この精神状態であれば、最後の一線を越えるような愚を犯すことなく……

ソフィアを誰よりも、強化出来るに違いない。

そう確信しつつ、俺は唇を離した。

「んっ……も、もう終わり……？」

「いや。むしろここからが本番だ」

言い終わるや否《いな》や、俺は彼女の小柄な体を抱きかかえ、ベッドの方を向いた。

どうやらシャロン達が気を利かせてくれたらしい。

そこを独占していたエリザは今、床に寝そべった状態となっており、汚れていたシーツも取り替えられていた。

俺はベッドの上へソフィアを運ぶと——彼女に覆《おお》い被《かぶ》さって、激しいキスを再開する。

「んぁっ……♥　ちゅっ……♥　んちゅっ♥」

こちらの胸板に「むにゅうっ」と押し付けられた爆乳の柔らかさを感じながら。

ソフィアのサラサラとした銀髪を撫《な》で回《まわ》し。

思うがままに、舌を絡ませ合う。

「ぷぁっ……♥　み、皆が見てる、よ？　オズ……♥」

「あぁ。見せ付けてやろう。俺達がどれほど愛し合っているのかを」

「んっ……♥」

そして俺達は、次の段階へ移った。

上体を起こしながら、膝の上にソフィアを乗せ……背面座位の形に。

彼女の滑らかな肌の感触が胸板に伝わってくる。

そんな体勢となりつつ、俺は後ろからソフィアの両脇に手を差し込んで。

豊かな純白の乳房を、鷲摑《わしづか》みにした。

ぐみゅんっ♥

まるでスライムのような柔らかおっぱい。

その感触が掌《てのひら》全体に伝わると同時に、ソフィアが甘い吐息を漏らす。

「んぁっ……は、恥ずかしい、よぉ……」

滑らかな太股《ふともも》をもじもじと擦《こす》り合わせながらも、決して、こちらの行為を拒絶しない。
そんな彼女の首筋を吸って、痣《あざ》を植え付けつつ……
ドスケベな爆乳をメチャクチャに揉《も》みまくった。
もにゅんっ♥ もにゅんっ♥ もにゅんっ♥ もにゅんっ♥
ぎゅむっ♥ ぎゅむっ♥ ぎゅむっ♥ ぎゅむっ♥
パン生地を捏《こ》ね回すような円運動を経てから、撫で付けるような上下運動へ。
変幻自在に形を変えるスライムおっぱい。
どこまでも沈み込む指先。
桁外れな柔らかさ。
汗ばんだ純白の肌が、しっとりと心地よく、掌に吸い付いてくる。
もちゅんっ♥ もちゅんっ♥ もちゅんっ♥
にちゅっ♥ にちゅっ♥ にちゅっ♥
浮き出た汗が原因か、乳を揉む度に淫《みだ》らな水音が鳴り始めた。
そんな乳房の上部においても、
「んちゅっ……♥ ぇろっ……♥ ちゅむっ……♥」
舌を絡ませ合うことで生じるキスの音色が響く。

そんな俺達の有様《ありさま》に、静観を続けていた《戦乙女《ヴァルキリー》》達が顔を真っ赤にして、

「な、なんだか」

「う、うん。イケないものを、見てる気分……」

淡く発光する皆の刻印。その様子を尻目に、俺は思考を巡らせた。

乳揉みとベロチュ～。

欲に身を任せても良いのなら……ここよりさらに先へと、進んでしまいたい。

だがそれはダメだ。パラメーターの伸びが悪くなるまで、つまり皆の前で行う乳揉みとベロチュ～の興奮度が落ちるまで、次の段階へ進むわけにはいかない。

そんなふうに自らの欲望を抑え込みつつ……俺は強化行為《プレイ》の仕上げへと移った。

「ん、ちゅっ………んむぅっ⁉」

激しく唇を貪り合う中、ソフィアの喘《あえ》ぎ声に驚愕《きょうがく》の色が混ざった。

その原因は、俺の指先。

乳揉みの手を止め、代わりに——

突き立った双丘の先端を、ほどよい力で摘まみ始めた。

「ふぁんっ♥　あっ♥　んんっ……♥」

キスも中断し、全神経を集中させて、そこを攻め続ける。

軽くねじるようにして刺激。

指先で優しく撫で回して刺激。

そうしていると、ただでさえ強かった刻印の発光がさらなる煌《きら》めきを放ち——

「んっ……♥　へぇっ……♥」

でろんと舌をまろび出しながら、ソフィアがはしたない吐息を漏らし始めた。

そんな彼女に極限を超えた興奮と、桁違いの強化をもたらすべく。

俺は、ラストスパートをかける。

「皆、君のことを見てるぞ」

そこを強く刺激しつつ、俺は彼女の耳元で囁《ささや》いた。

「い、言わない、れぇっ♥　は、恥じゅかしぃ、からぁっ♥」

「そんなふうに思うことはない。堂々と見せつけてやろう。君のエロくて可愛《かわい》い姿を」

言葉を用いることで、肉体だけでなく精神をも昂《たかぶ》らせていく。

「君は最高だソフィア。こんなにも魅力的な異性と出会えて、俺は本当に幸せだよ」

「フゥ～ッ……フゥ～ッ……フゥ～ッ……」

もはや言葉を返す余裕すらない。

パラメーターの上昇は確実にピークへと達している。

そんな数値の変動がそのとき、一際《ひときわ》大きなものへと跳ね上がり、そして――

「――――――っ♥」

舌を突き出しながら絶叫するソフィア。

全身が激しく痙攣《けいれん》すると同時に、刻印の煌めきが莫大《ばくだい》なものとなる。

眩《まぶ》しくて何も見えない。室内全域に太陽光が満ちたような有様。

そんな中。

「――――――っ♥」

跳ね回る魚のように、ソフィアがビクビクと下半身を揺らす。

刻印の発光によって全員が瞼《まぶた》を閉じていたことで、その姿は誰の目にも映らなかったが

……なんとなしに、現状を察することが出来た。

そして室内に広がっていた輝光《きこう》が収まった頃。

ベッドの一部がびっしゃびしゃになっていたのだが、当然、誰もが見て見ぬふりをした。

「ふへぇ……♥」

頬をこれ以上なく緩ませながら、ソフィアが背中を俺の胸へと預けてくる。

どうやら失神したらしい。こんな調子だと、強化行為《プレイ》は日に二回が限界となるだろうな。

ただ、その代わり……一度に上昇する値が、とてつもないことになっている。

「全項目が三〇パーセント前後上昇、か。凄《すさ》まじい効果だな」

ソフィアの最終パラメーターは現状の一・五倍を目標としていたが、この調子で伸ばすことが出来れば、エリザ共々、三倍、四倍にも跳ね上がるのではなかろうか。

昂揚《こうよう》感を覚えつつも、俺は意識を失ったソフィアの頭をそっと撫で、

「本当に、お疲れ様」

ゆっくりとシーツの上に寝かせてやると……

目前にやって来たシャロンとリゼへ、顔を向けた。

「オ、オズワルド、様……」

「アタシ達は、そのぉ……」

「「ふ、二人、同時にっ……！」」

そんな彼女《かのじょ》等の要望も含めて。

俺は三九名の《戦乙女《ヴァルキリー》》全員との行為を済ませていった――

◇◆◇

ソフィアとエリザは日に二回。彼女等以外の者は日に一回。

拠点内での仕事を思うと、強化《ブレイ》行為の回数はそこらへんが妥当であろう。

行為の内容を次のステージへ至らせたことにより、たった一度の強化行為《プレイ》で皆のパラメーターは桁外れに高いものへと変じた。

しかしその代償として襲い掛かる疲労感も凄まじいものとなっており、皆例外なく、行為終了と同時に失神。

こんなことを日に何度も行ったなら、決戦の準備が滞ってしまう。

よって前述の通り、ソフィアとエリザ以外の《戦乙女《ヴァルキリー》》は日に一回と定め——

現在。

時刻は夜半。

俺の自室にて、二度目の強化行為《プレイ》を終えたエリザが意識を失った。

「んっ……♥　ふっ……♥　くぅっ……♥」

むわぁっ♥　としたフェロモンを全身から発露させるエリザの様相は、オスの本能を強く刺激するものだったが……

それをなんとか抑制し、すぐ隣に座るソフィアへ声をかけた。

「やるべきことは全て済ませた。そろそろ寝よう」

「ん。あたしはいいけど、さ。……それ、大丈夫なの？」

頬を紅潮させながら、こちらの見苦しいモノへと視線を集中させるソフィア。

種付けの準備を完了させたそいつはまさに、欲望の体現者そのものであろう。

当初は気力を振り絞って耐えていたのだが、行為が次の段階へと移ったことにより、それも難しくなった。

「その、さ……ちょっとぐらい、なら……」

「いや、それはダメだ。俺達の意思に関係なく、刻印が反応するからな」

ゆえに性欲の処理は自分でやるしかない。もっとも、本日は行為が夜更《よふ》けまで続いたので、それは明日の朝あたりまで我慢ということになるが。

「放っておけば収まる。だから俺のことは気にしなくていい」

「ん。わ、わかった」

どこか残念そうな顔をしつつも、ソフィアはこちらから視線を外し、寝転がると、

「ねぇオズ。今日も」

「あぁ」

こちらを向いて、おねだりをする。

そんな彼女の意図を酌《く》む形で、俺はソフィアの体をギュッと抱き締めた。

「えへへ……♪」

こちらの体を抱き返してくる。

ここ最近はずっと、こういう形で床に就いていた。

抱き合い、互いの体温を感じながら、明日へと向かう。

それはソフィアの望みであると同時に、俺の望みでもあった。

きっと彼女の温《ぬく》もりがなければ……一睡も、出来やしない。

「決戦の日まで、残すところ僅か、ね」

「……あぁ」

準備は完璧に済ませた。不安材料など何もない。今なら絶対に勝てる。

そう確信していても、なお。

俺は。

「なぁ、ソフィア」

「なに？」

「本音を言っても、いいか？」

「……うん」

俺は全身をガタガタと震わせながら、皆の前では決して口にしない言葉を、吐き出した。

「もう嫌だ。あいつと戦いたくない」

ずっと虚勢を張り続けてきた。皆を、不安にさせぬために。

だが、ソフィアの前では、そんな虚飾が剝がれ落ちてしまう。

「あのとき、あいつに腹を、貫かれた瞬間……死んだと思った。もう、ダメだと思った。リゼを元に戻したときとは違う。あいつが狙った場所は、運が悪ければ死ぬ。そういうところだった。俺がこうしていられるのは、ただ幸運だっただけで……」

次はどうなるかわからない。

そう思うと、宿敵に対する怒気など消え失《う》せ、代わりに強い恐怖が湧き上がってくる。

「逃げてしまいたい。何もかも、放り投げて」

カチカチと歯を鳴らす俺に、ソフィアは。

「ほんっと、よわっちぃままね、あんたは」

優しく頭を撫《な》でてくれた。強く、抱き締めてくれた。

「大丈夫よ、オズ。あんたのことはもう、二度と傷付けさせやしないから」

微笑するソフィア。それは、昔からずっと目にし続けてきた、ヒーローの貌《かお》。

そして誰よりも頼もしい幼馴染《おさななじ》みは、力強く断言する。

「あんたはあたしが守る。そのためなら死んでもかまわない」

その言葉に、俺は。

俺は。

「……ありがとう、ソフィア」

言えなかった。

真に返すべき言葉を。そうしたいと思い続けてきた言葉を。

「ふふ。臆病風が和らいだところで……おやすみ、オズ」

「あぁ。おやすみ、ソフィア」

互いに瞼を閉じる。

そうして俺は、意識を手放した。

これでいいんだと、そんなふうに、自らの弱さを肯定しながら――

第七話　元・底辺村人　VS　邪神

魂を燃やし尽くすような闘争。
ゾルダ＝ゴー＝グラフトの目的と存在理由《レゾンデートル》は、それだけだった。
しかし、元居た世界に彼を満足させられるような者はおらず……
ゆえにゾルダは方舟《はこぶね》に乗ったのだ。
異なる世界であれば、最高の敵に巡り会えるやもしれぬと期待して。
「見出《みいだ》すまでは早かったが……熟れるまでの時間は、実に長かったな」
無数の《眷属《けんぞく》》を率いて、ゾルダはそれを前にする。
《戦乙女《ヴァルキリー》》達の拠点前。
堅牢《けんろう》な門はしかし、左右に開け放たれ、その役割を放棄している。
「誘い込みか。実に面白い」
腕を組みながら異形の軍勢と共に歩を刻む。
門を潜《くぐ》り、内部へ。石造りの街並には人気がなく、まるで広大な廃墟《はいきょ》のようだった。

「ふぅ～む。まさかまさか、拠点を放棄して逃げ去った――わけがないよなぁ」

新たに一歩踏み出した瞬間、長年にわたる戦闘経験が危機を知らせてくる。

半ば無意識的にゾルダは横へ跳んだ。

その瞬間――今し方まで立っていた場所に、巨大な幾何学模様が顕現する。

「ほほう」

彼が着地すると同時に、幾何学模様が強烈な発光を見せ、そして。

光の柱が立った。

それは超高熱を伴う攻撃であり……ただの一撃で以《もっ》て軍勢の一割が消失。

「ふぅむ。威力以上に恐るべきは、得体のしれなさ、か」

天を貫く光の柱は、初見の技であった。

この世界に辿《たど》り着《つ》いてより目にし続けてきた、異世界人達の戦闘技術、魔法。

これもまたその一種であろうが……

「今まで相手取ってきたそれは幾何学模様が事前に出現することもなければ、これほどの威を有してもいなかった。現地人が用いる一般的な魔法とは、まるで異なる技術、か」

脳裏に一人の男が浮かぶ。

オズワルド・メーティス。この拠点は今、彼の手によって魔窟と化しているのだろう。

「狩人《かりゅうど》の領域に足を踏み入れた愚かな獣。我々はまさにそれだな」

自軍の不利を確信してなお、ゾルダが鋼鉄の面貌に笑みを浮かべた、そのとき。

後方にて隊列を組んでいた《眷属》達が、横から抉《えぐ》り取《と》られたかのように絶命した。

「不可視の刃……いや、違うな。僅かばかりだが人の気配がある」

しかし、敵方の姿はどこにもなく、配下が秒を刻むごとに減少するばかり。

気配はあれども、彼の身に搭載された高感度センサーは、いかなる反応も示さない。

胸中に生じた畏怖は、しかし、ゾルダにとって何よりも心地のいいものだった。

「ふはっ！　いいな！　実にいい！」

未知の技術。理解不能な戦況。

この胸の高鳴りは、いつ以来であろうか。

「早急に見《まみ》えたいな、大賢者」

余興は短めに切り上げよう。

そんな考えのもと、ゾルダは歩を刻み続けた。

おそらくは大賢者がこちらを迎え撃つ、決戦の地……中央広場へと、最短距離で。

この判断は相手方にとって不都合だったのだろう。

移動ルートを逸《そ》らすためか、さまざまな手を打ってきた。

不可視の奇襲部隊。唐突な熱光線。地形の変化。
しかしそれら全てを、ゾルダは真正面からねじ伏せた。
その過程において自軍は全滅へと至ったが……何も問題はない。
もとより軍勢など小道具に過ぎなかった。
闘争を派手に彩《いろど》るための、ささやかな舞台装置として機能していればよい。
配下達はそうした役割を十全に果たしていた。
「敵地にて孤立無援。この不安と恐怖こそ、まさしく戦の醍醐味《だいごみ》よ」
正体を謎のベールで覆い隠す、未知の技術。
一撃を浴びてしまったなら、あるいは自分の超再生でさえ危ういのでは？
そんな不安が、恐怖が、ゾルダにはたまらなく心地よかった。
「やはり貴様が。貴様等こそが。己《おれ》の宿敵であったか」
歩み続けていた足を止める。
開けた空間。拠点中央に設けられた広場にて、ゾルダは彼等《かれら》と対峙《たいじ》した。
「今回こそ、あんたを倒すッ……！」
勇者、ソフィア・ノーデンス。
そして。

「自らが未来へと踏み出すために。皆の未来を、守るために。命を賭《と》してお前を討つ」

大賢者、オズワルド・メーティス。

緊迫と畏怖を顔に浮かべてはいるが……不安材料にはなるまい。

瞳に強い意志を宿す大賢者。その姿を前にして、ゾルダは太い笑みを浮かべるのだった。

◇◆◇

想定していたシナリオの中において、現状は最悪の部類に入る。

敵方が通ったルートはこちらへの最短距離を行くもので、それゆえに消耗が少ない。

《眷属》と同様に《邪神》にも動力源はある。

なんらかの機能を用いたなら、それを消費してエネルギーをまかなわねばならない。

ゆえにゾルダの恐るべき超再生も、無限に使用出来るものではないのだ。

ここへ来るまでに奴《やつ》の動力源を枯渇《こかつ》させ、一気に仕留めるというのが最善のシナリオであったが……やはり現実は、望み通りに動いてはくれないようだ。

「不都合。不本意。貴様にとって現状はまさにそれであろう。そうだからこそ、この一戦において、貴様は限界を超えざるを得なくなる。それがいかなる結末をもたらすのか……想像しただけで、武者震いが止まらなくなるわ」

ひたすらに純粋な戦闘意思。それはまさに、狂気と呼ぶべきものだった。

「さぁ、最終決戦だぞ、ご両人ッ！　悔いのないよう、全力で楽しもうではないかッ！」

ゾルダの鋼体が膨張する。

――開幕。

そのように感じ取った頃にはもう、音が鳴り響いていた。

破壊音と破裂音。

前者はゾルダが地面を踏み砕いた際に生じたそれ。

後者は奴が音の壁を突破した際に生じたそれ。

前回の一戦、その終盤において、我々は奴の動作に付いていけなかった。

しかし――一月の準備期間を経て、俺達も強くなっている。

それをソフィアが証明してみせた。

「見え見えよ、ゾルダッ！　あんたの動きがッ！」

今のソフィアが有するパラメーターは、前回の比ではない。

強化行為《プレイ》を積み重ねたことで、彼女は何倍にも強化された状態にある。

それゆえに。

「ほぉうッ！　目で追うかッ！　我が動作をッ！」

前回のように視覚を断たずとも、今のソフィアはゾルダの動きに対応出来る。

それはこの俺とて同様だった。

「《時の審判者よ》《我が器に宿れ》」

発動する。

それは、滅んで消えた過去の遺物。此度《こたび》の決戦を勝利に導くための術理。

その名も——古代魔法。

ソフィアとの特殊マッサージを経て、過去の記憶を取り戻したことにより、獲得した力。

それを発動した瞬間、目前の光景が激変する。

動くもの全てが遅延し……今やゾルダの動きさえ鈍重に見えた。

「《来たれ》《獄炎》《黒き炎で以て》《我が敵を》《殲滅《せんめつ》せよ》」

ルーン言語による詠唱を経ることによって、古代魔法は発動へと至る。

突き出した我が右手の先に、そのとき複雑な幾何学模様……魔法陣が顕現。

そこから放たれし漆黒の炎は、現代魔法によって生じたそれの威力を遥《はる》かに凌駕《りょうが》する。

「むッ……！」

ソフィアの背面から分散する形で殺到した獄炎を、大きく後退して回避するゾルダ。

その対応を見たことで俺は確信を抱いた。直撃を浴びせれば致命傷を与えられる、と。

「この戦い……！　順調に過程を踏めば、必ず……！」

望ましい結末へと向かうべく、俺は次手を打った。

エリザ。

心の中で彼女へ声を送った、次の瞬間、一陣の風が吹き荒《ふすさ》ぶ。

それは威を伴ってゾルダの巨体へと迫り、

「ぬぅッ……⁉」

抉られた脇腹。突然のダメージによって、奴は我々から気を逸らした。

その隙を突く形でソフィアが突進。

「たぁッ！」

振るわれた刃は空転したが、しかし。

「おぉッ⁉」

奴の足には深々と、エリザの槍《やり》が突き刺さっている。

俺の目にはそこに至るまでの過程がハッキリと映っていたのだが、ゾルダにとっては不可視の敵による不意打ちという認識であろう。

古代魔法によって透明化したエリザは俺とソフィアにしか認識出来ない。

そして。

「《炎王の剣》《灼熱《しゃくねつ》の威で以て》《森羅万象》《灰燼《かいじん》に帰せ》」

奴の足下に魔法陣が出現し、煌《きら》めく柱が伸びる。

直撃すれば、そこで終わっていたのだろうが……奴はこれを横へ跳んで回避した。

「あと、もうちょいだったのにッ……！」

歯噛《はが》みするソフィアの対面にて、ゾルダは全身を震わせ、

「ふはっ！　ふはははははははははっ！」

笑った。

すんでのところで命を拾うという、恐怖体験を経てなお。

奴は心底楽しげに、ひたすら笑い続けた。

ゾルダの精神的余裕が俺には憎らしく感じられる。

追い詰めているのは明らかにこちらだが、しかし、俺の胸中には暗雲が立ちこめていた。

……古代魔法はその名の通り、古き時代において隆盛した技術だ。

現代魔法など比にならぬほどの出力を有し、応用力も抜群。

およそ現代魔法では不可能な事柄についても、易々《やすやす》と実行出来る。

しかし……一見すると、現代魔法の上位互換たる古代魔法だが、人類が現存していた頃、
これを扱うことが出来たのは俺しか居なかった。

なぜか？　答えは単純明快。使い手の負担があまりにも強いからだ。
『オズ殿、ご体調は？』
『隠し通せるのは、あと五分といったところだな』
念話を用いての会話すら既にキツい状態だった。
半ば無限に扱える現代魔法と違って、古代魔法は有限である。
前者は大気に宿る魔力を消費して発動する一方で、後者は自身の生命力を代償とする。
詰まるところ、使えば使うほど寿命を削る技。それが古代魔法の実態だ。
ゆえにこれ以上の積極的な発動は避けるべき……なのだが。
「もう後先を考えてはいられない、か」
表面的には奴を追い詰めた形。
だが本質的には真逆。
このままではこちらが先に潰れてしまう。
となればもはや……もっとも望ましくないシナリオを、選ぶしかあるまい。
『ソフィア、エリザ。次で仕留める。一瞬でいい。隙を作ってくれ』
『うんっ！』
『了解した……！』

こちらの要求を通すべく、二人が躍動する。

ソフィアの猛攻に目を奪われたゾルダを、エリザの不意打ちが襲う。

「決定力はない。が、このままでは己《おれ》の負け、か」

奴の顔から笑みが消える。

あともう一押しだと、そう確信した瞬間。

「疾ィッ！」

エリザの突きが奴の足首を直撃すると同時に……巨体が傾《かし》いだ。

絶好のタイミング。

それを前にして、俺は捨て身の大技を繰り出す。

そう……古代魔法二種の同時使用である。

「《踊れ》《精霊達よ》《戯曲で以《もっ》て》《我等を欺け》」

第一の詠唱。

「《猛然と焼き尽くせ》《炎神の一撃》」

第二の詠唱。

それは、透明化の魔法と火属性魔法の組み合わせ。

「うっ……！」

激しい目眩《めまい》と脱力感。

一種扱うだけでも大きく生命力を削ってしまうそれを、二種同時に発動したのだ。

代償はあまりにも大きい。だが……それだけの価値はある。

倒れまいと踏ん張る我が目前にて、魔法陣が展開。

そこから放たれた豪炎は、誰の目にも確認出来ない。

不可視の灼熱がゾルダへと向かう。

そこには音さえなく、決着は誰にとっても唐突なものとなるだろう。

おそらくゾルダは自らが死んだことにさえ――

「あぁ、やはり」

奴の無機質な顔が、そのとき。

凄絶な笑みを、宿した。

「――貴様等は技術《ほんき》を出すに値する」

ぞわりと怖気《おぞけ》が走った。

ありえない。ここからの逆転など、あるはずがない。

そんな願望を抱く中、奴は傾いだ体をピタリと停止させ、

「ふぅぅぅぅぅ……」

呼気と共に動かす。

両手を目前に上げ、両脚を内股気味に。

そんな構えを見せた直後。

「むんッ！」

両掌《りょうてのひら》を動かし、円を描く。

その瞬間……あらぬ方向から破壊音が飛んで来た。

街を構成する石造りの建造物が一部倒壊。

音を立てて崩れていくそれは、ドロドロと溶け消えて。

その有様《ありさま》はまさに、ゾルダの行動を説明するものだった。

即《すなわ》ち――

「逸《そ》らした、のか……!?　見えない炎を……!?」

ありえない。どんな理屈で、そんなことが。

「いかなる叡智《えいち》を誇ろうとも、決して辿《たど》り着けぬ領域がある」

独特の構えを維持したまま、ゾルダは言葉を紡《つむ》ぎ続けた。

「自らに機械化を施し、肉の器を捨て去ってなお……極めた武は、己《おれ》を離さなかった」

戦士たるソフィアとエリザには、何か思うところがあったらしい。

おそらく彼女等《かのじょら》には理解出来ているのだろう。相手方のおおよそが。

そうだからこそ、全身に冷たい汗を浮かべ、自らの肩を戦慄《わなな》かせている。

「ここからは全身全霊だ。我が武技、その全てをお見せしよう」

宣言すると同時に、ゾルダが動いた。

まるで滑るような足運びで以て、ソフィアへと接近。

速くはない。むしろ遅いぐらいだ。

間合いを詰めたうえで繰り出される拳も、今まででもっとも鈍重。

なのにもかかわらず。

「くッ……！」

ソフィアは明らかに、苦しんでいた。

俺の目からすると容易に回避出来そうな打撃の数々。

だが、ソフィアには躱《かわ》せない。全てを盾で受け、そして。

「ちぃえいッ！」

鋭い気迫と共に放たれた拳が、闇色の盾を強《したた》かに打ち――

「がはっ⁉」

吹き飛んだ。ソフィアの小さな体が。

理解出来ない。盾で止めたはずなのに、なぜ。
直撃でも受けたかのように、彼女の腹部がめり込んでいるのか。
魔法ではない。
科学でもない。
未知の技術で以て奴《やつ》を追い詰めた我々が今。
未知の技術によって、敗戦へと突き進んでいる。
『オズ殿……！　わたしが時を稼ぎまする……！　その間に、策を……！』
《固有技能《オリジナル・アーツ》》を発動するエリザ。
全身から灼熱を迸《ほとばし》らせながら、ゾルダへと踏み込む。
平時の千倍速。不可視の姿。だが、それらを組み合わせても、なお。
「武練の頂に辿り着いたなら。速度も、姿の有無も、なんら意味を為《な》さぬ」
あまりにも奇妙な光景だった。
見えないはずのエリザを、奴は完全に捕捉し……鈍重な動作で以て対応。
遅い。にもかかわらず、なぜか。
エリザの穂先よりも先に、奴の拳が彼女の体を打っていた。
「ぐぁッ……！」

吐血と共に宙を舞い、直線状の軌跡を描く。

エリザはその身で建造物を貫通していき……遥《はる》か遠方にて停止。

戦闘への復帰は、望めそうになかった。

「こん、なッ……！」

どうすればいい？　何をすれば、奴に勝てる？

激しい緊迫感が頭脳の回転速度を何倍にも高めた。

これまでの経験。得られた情報。希望的観測に至るまで全ての可能性を考慮。

そのうえで出された結論。

——不可能である。

——ゾルダを倒すことは、不可能である。

「さて。大賢者よ」

絶望の二文字が脳裏に浮かぶ中、奴は悠然と歩を刻み始めた。

向かう先は俺、ではなく。

「ぐ、うッ……！」

未《いま》だ立ち上がれずにいる、ソフィアの姿があった。

「貴様は限界のさらなる先を見せた。だがな……実のところ、道はまだ続いている」

奴は彼女の前に立って、

「根拠などない。凡人はもとより、超人とてこの先などありえぬ。だが……己《おれ》の勘が囁《ささや》いているのだ。大賢者よ、貴様は全てを出し尽くしておらぬとな」

拳を、構える。

「奇《く》しくも第一戦目の再現だ。当時、貴様は動けなかった。我が拳によって愛する者が息絶える光景を、ただ見ているだけだった」

荒い息を吐きながら、奴を睨《にら》むソフィア。

しかし、彼女はそのとき、こちらへと目をやって。

「……オズ」

僅かな逡巡《しゅんじゅん》。

きっと彼女の中では、二つの本音が渦巻いているのだろう。

勇者としての言葉。幼馴染《おさななじ》みとしての言葉。

今際《いまわ》の際にあって、彼女が選んだのは――

「逃げてっ……！」

彼女は最後の最後まで、ソフィア《勇者》だった。
けれど、あどけない美貌には確実に、死への恐怖が浮かび上がっていて。
それを見て取った瞬間。
動く。
ゾルダの拳が、ソフィアへと。
しかしもう一つ、躍動する物体があった。
――俺だ。
「《生命の燃焼》ッ！　《魂の崩壊》ッ！　《時騙《だま》しの超越》ッ！」
古代魔法の追加詠唱で以て、体感時間をさらに引き延ばす。
視界が霞《かす》む。世界が回る。足がもつれる。
だが、関係ない。
「《死神の鎌よ》ッ！　《我が全てを》ッ！　《刈り尽くせ》ッ！」
寿命が削れていく。
一〇年、二〇年、三〇年と。
だが、関係ない。
緩やかに進む敵方の拳。こちらを目にするソフィア。

その狭間《はざま》へと向かう。
「俺、はッ……！」
無意識のうちに、漏れ出た。
我が存在の根底に張り付いていたであろうそれが。
ずっとずっと、口に出来なかった、それが。
今、明確に。

「守られてばかりじゃ、ないッ！」

停止した時間の中を駆けながら、俺は過去を追憶する。
出会ってから今に至るまで、常に守られてきた。
そんな自分が情けなくて。
だから魔法を勉強し始めた。
ソフィアの隣に、堂々と立っていたかったから。
しかし大賢者などと呼ばるるに至ってもなお、俺の臆病は直らず。
このまま永遠に、自分を認められぬままかと、そう思い続けてきた。

けれど今、好機が目の前にある。
勇気を見せつけるべき瞬間が。
己を変える瞬間が。
そう、今こそオズワルド・メーティスの正念場。
これまでずっと踏み込めなかった領域……
決死の覚悟へと、至りながら。
ソフィアの前に立つ。
ゾルダの前に立つ。
もはや致命的なタイミングだった。
拳圧をすぐ近くに感じる。
ほんの数瞬後にはこれが直撃して、俺の全身はバラバラに砕けるのだろう。
それでいい。
万が一のことを考えて、俺は体に細工を施しておいた。
命を奪われると同時に発動する、呪詛《じゅそ》の魔法。
これにより、刺し違える形で、俺はゾルダを討つ。
遺《のこ》される者達のことは心配だが……もはやこれ以外にやりようはない。

「ソフィア」

今際の際。

きっと聞こえてはいないだろうけれど。

それでも俺は、末期《まつご》の言葉を遺《のこ》した。

「やっと並んだぞ。君に」

落ち着いていた。

確実なる死を前にして、俺は完全に、覚悟を決めきっていた。

全てが静寂する中。

穏やかな気持ちで、死を受け入れる。

――そんなとき。


頭がズキリと痛んだ。

『いいかい、オズワルド。君に施したそれは単純な改造ではない。その機能を十全に発動するためには、君自身の覚醒が必要となる』

白いモヤに包まれた人物に、俺は問い尋ねた。

『覚醒？』

『あるいは羽化と表現すべきかもしれないね』

『……具体的に説明してくれないか』

白い人物は肩を竦《すく》めながら、

『複雑なギミックの話はまた今度しよう。今はそんな気分じゃあない。よって端的に、かいつまんで言わせてもらうよ』

そう前置いてから、彼、あるいは彼女は、淡々とした声音で語り続けた。

『君に施したそれが起動するには精神的なスイッチを押す必要がある。そうすることによって君はオズワルド・メーティスにしてオズワルド・メーティスではない、別の何かへと羽化するのさ』

『精神的なスイッチ……それは、どうすれば押すことが出来るんだ？』

『そこについては僕もわからない。なにぶん個人差というものがあるからね』

『……これは君の分野じゃなかったか？』

『そうとも。しかし厄介なことに、依然として超科学に片足突っ込んでるような技術でね。解明する前に元居た世界が滅んでしまったので、きっと原理は永遠にわからぬままだ』

嘆息してからすぐ、白い人物はこちらに顔を向けて、

『確実な答えはわからない。だけど推測なら可能だよ、オズワルド。君のスイッチを押す方法、それは——』

最後の言葉が紡《つむ》ぎ出される、直前。

そんな感覚と共に——

門が開く。

ガチャリと、頭の中で音が鳴った。

二つの変化が現れる。

一つは視界。

かつての記憶から、俺は現実世界へと帰還した。

そしてもう一つは——我が肉体である。

それを認識すると同時に。

ゾルダの拳が、俺の頭部を打った。

その瞬間。

「むぅッ⁉」

砕け散る。

俺の頭が、ではない。

そのようになったのは……奴《やつ》の拳だった。

「おぉッ……！　大賢者よ、貴様、その姿はッ……！」

自らの体など客観視出来るものじゃない。だが目視確認出来る範囲から推測するに……

今、俺はゾルダと同じ姿になっているのだろう。

即《すなわ》ち、肉の器たる全身が、鋼によって再構成されているのだ。

「それが隠し球かッ……！」

驚嘆する敵方の声を耳にしながら、自らの体を検《あらた》めていく。

なにゆえこのような異形へと成り果てたのか。それはわからない。

わからない、が。

「今の俺なら、お前とまともに殴り合うことが出来る……！　それだけで十分だッ！」

踏み込む。

畏れることなく、最強最悪の宿敵へと。

「このゾルダ＝ゴー＝グラフトに格闘戦を挑むとはッッ！　実に面白いッッッ！」

接近。

肉迫。

そして。

俺とゾルダはまったく同じタイミングで、握り締めた拳を相手へと叩《たた》き付《つ》けた。

「ぐッ……！」

リーチの差によって奴の拳が先着。

超再生が発動したからか、奴の拳はこちらの顔面を打ってなお砕けなかった。

激しい衝撃と痛み。

それに怯《ひる》むことなく、返礼の一撃をゾルダの顎へ打ち込む。

「ぬぅッ……！」

鋼で構成された面貌の一部が砕け散る。

が、すぐさま再生し、

「るぅあッ！」

殴打《おうだ》。

こちらも負けじと、

「らぁッ！」

殴打。

殴打殴打殴打殴打殴打殴打殴打殴打殴打……

甲高い衝突音が絶え間なく響き続けた。

拳が交錯し、互いにダメージを与え合い、そして。

優位に立ったのはゾルダの方だった。

「りぃやッ！」

硬い。

一撃交えるごとに、奴の拳が、体が、硬さを増していく。

「どうしたどうしたッ⁉　これで終わりか、大賢者ッ⁉」

好戦的な笑み。

その貌《かお》には見覚えがある。

昔、村で俺をいじめていた奴等《やつら》にそっくりだ。

あいつらも似たような顔をしながら、殴ってきたっけ。

当時の俺は泣くことしか出来なかった。

ソフィアに助けてもらうまで、なんの抵抗も出来なかった。

けれど、今は違う。

「らぁッ！」

殴り返す。

気後れはしない。泣きべそを掻《か》くこともない。

「ふははッ！　いいぞッ！　それでこそだッッ！」

殴り合う。殴り合う。殴り合う。

その最中。

「オズッ！」

彼女が声を飛ばしてくる。

「ソフィア……！」

以前までの俺だったなら、助力を乞うていただろう。

自分だけでなんとか出来る相手ではないと、泣きついていただろう。

だがもう、そんなことはしない。

「手を、出さないでくれッ！」

「っ……!?」

「こいつは、俺が倒すッ！　俺だけで倒すッ！　君はただ、見守っててくれッ！」

受け取り方によってはネガティブな印象を覚えるような言葉。

しかしソフィアは俺の真意を十全に感じ取ってくれたらしい。

「……あんたは今ここで、成長しようとしてるのね」

もう守られるだけの幼馴染《おさななじ》みでは居たくない。

そんな思いを酌《く》んでくれたのだろう。

だからこそ彼女は、

「頑張れッ！　あんたなら勝てるッ！」

見守ることを選んでくれた。

「あぁ……！　絶対に、勝つッッ！」

燃え盛る。

ソフィアの声援に、心が、体が。

それに呼応するかの如《ごと》く、鋼の全身に真紅のラインが奔《はし》り――

「むぅッ⁉」

ゾルダの顔に動揺の色が宿った。

その原因はおそらく、今し方打ち込んだこちらの拳であろう。

胸元へ命中したそれは奴の胸部を凹《へこ》ませ……

「再生が、遅い……⁉」

いやむしろ、再生していないのではないか？

確かに元通りになろうとはしているが、これまでのように増殖を繰り返すことで欠損を回復させているのではなく、どちらかといえば、別の部位を構成しているそれらが移動し、欠損部を補塡しようとしているように見える。

果たしてこの推測が事実であるか否《いな》か。

それは。

「うぉらぁッ！」

殴り続ければわかるだろう。

打つ。打たれる。打つ。打たれる。

それを何度も何度も繰り返したことで、俺は結論へと至った。

「どうやら再生は、出来ないようだなッ……！」

ゾルダの体積が明らかに小さくなっている。

それは増殖による再生が不可能となったことを示す、何よりの証《あかし》であった。

「くはははッ！　よくわからんが、貴様は確実に己《おれ》を追い詰めているぞ、大賢者ッ！」

悠然。

奴の振る舞いに変化はまったく見受けられなかった。

なんらかの秘策を持っているのか。

そのように警戒したが……どうやら杞憂《きゆう》だったらしい。

「ふはッ！　ふはははははッ！」

縮んでいく。縮んでいく。縮んでいく。

見上げるほどの大男だったゾルダの体積が、俺の拳を受ける度に縮小する。

「るぅあああああああああああッ！」

「ぬぅおぁああああああああッ！」

叫び合いながら、五体を打ち付け合う。

そんな殴打合戦はやがて、こちらの優勢へと、転がり始めた。

「強いッ……！　強いなぁ、貴様はッ……！」

もはや幼児にも等しいサイズへと縮小したゾルダ。

奴の中には敗北の二文字が浮かんでいるに違いない。

それでもなお、ゾルダは笑い続けた。

「想《おも》いの力とは、やはり……！」

今際《いまわ》の際に奴が何を考えたのか。どのような感情を覚えたのか。

たとえそれがいかなるものであろうとも、俺はただ、拳を振るうだけだ。

「おぁあああああああああああああああッ！」

放つ。放つ。放つ。放つ。放つ。
超高速の連打。
ゾルダの全身が瞬《また》く間《ま》に消えていく。
もはや奴は打ち返すことさえ出来ない。
そして。
「これでッ！　終わりだぁあああああああああッ！」
虚空《こくう》に浮かぶ小さな口。
残存する最後の部位へと、俺は拳を繰り出した。
「ふ……はは……」
迫る終焉《しゅうえん》。
けれどもゾルダは。
俺達の、宿敵は。
「あぁ……！　たまらぬ戦であった……！」
最後の最後まで、太い笑みを浮かべたまま。
己の末期を、受け入れた。
――決着。

もはや奴《やつ》の存在はこの世のどこにもない。

桁外れの闘志も、狂気も、何一つとして残ってはいなかった。

「終わった、か」

そのように認識すると同時に、俺の体が元の姿へと戻り――地面へと倒れ込む。

「オズッ！」

抱き留めてくるソフィア。

「大丈夫、なの……!?」

彼女の言葉は、こちらの体調を慮《おもんぱか》るものであると同時に、先刻まで俺が見せていた未知の力に対する、疑問符でもあった。

俺はその両方に答えるべく、ゆっくりと言葉を紡《つむ》ぎ出す。

「あぁ、問題ない。前にエリザが言ってたろ？　俺には秘められた力がある、って」

「……っ！　それが、覚醒したってこと、ね」

「うん。だからきっと、悪影響をもたらすような力ってわけじゃない、はずだ。ただ……体に掛かる負荷は、かなり強い、らしいな。さっきから眠くて、たまらない」

あと一〇秒も経《た》たぬうちに俺は意識を失うだろう。

そうなる前に。

「なぁ、ソフィア」

彼女の腕に抱かれながら、一つの問いを放った。

「俺も……少しは成長、出来たかな？」

これを受けた瞬間、ソフィアは瞳に涙を受かべながら、慈母のように微笑《ほほえ》んで。

「ええ。今のあんたは、これまでで一番カッコいいわよ、オズ」

一番欲しかったモノが、手に入った。

あぁ、本当に、命を賭けた甲斐《かい》があったというものだ。

「ありがとう、ソフィア」

俺は安堵《あんど》の想いを噛《か》み締《し》めながら、意識を手放すのだった──

エピローグ

ゾルダを討伐した後の三日間は、何も出来なかった。

《邪神》との一戦によって心身に刻まれた疲労は度外れたもので、特に直接相対した俺とソフィア、エリザの三名に至っては、食事がまともに摂れないほどの状態であった。

そんな体を癒《いや》すため、休養日を三日取った後……ささやかな祝宴を開催。

これは戦勝祝いであると同時に、戦死者への弔いを兼ねた催しとなっている。

立派に戦って散った者達へ手向けるべきは、悲愴《ひそう》でもなければ哀悼でもない。

笑顔と感謝、そして誓約。

いずれ冥府にて再会した際に、我々は胸を張ってこう述べるのだ。

君達の犠牲は無駄ではなかった、と。

そのためにも俺達は、さらに前へと進まねばならない。

《邪神》達を一掃し、この世界を取り戻す。

そんな最終目的を実現するには、より大きな力を獲得する必要がある。

まずはゾルダの介入によってストップされていた鉱山奪還作戦の遂行。

これが成されれば、拠点に在籍する《戦乙女《ヴァルキリー》》全員に高水準な《霊装》を支給出来るようになる。

このプランについては現状、なんの不安要素もない。

鉱山を占領している《眷属《けんぞく》》達はゾルダが消滅したと同時に機能を停止させたはずだ。

であれば、もはや現地へ赴くだけで奪還は成ったも同然である。

それゆえに今、問題視すべきは……彼女達の基礎性能《パラメーター》の向上。

ここについては一考すべき状態となっている。


「……伸び方が明らかに、悪くなってるな」


広々としたプレイ・ルームにて。

俺はベッドの上に転がった四人のパラメーターを目にしつつ、呟《つぶや》いた。

今回の参加者はソフィア、エリザ、シャロン、リゼ。

彼女達との強化行為《プレイ》は既に一通り終えているのだが……

「恐れていた事態がついに、やって来たというわけですな」

行為を終えてなお、会話するだけの余裕を見せるエリザ。

それは彼女に限った話ではない。

他の三名についても汗ばんだ様子ではあるが、呼吸の乱れなどは確認出来なかった。

パラメーターの向上度合いと《戦乙女《ヴァルキリー》》の疲労感は比例関係にある。

それゆえに皆が行為を終えてなお平然としている状態であるということは即《すなわ》ち、上昇したパラメーターの値が極めて低いということに他ならない。

その原因は確実に。

「エリザ。かつて君は言ったな。どのような淫行もいずれは慣れが生じる、と」

「然《しか》り。人に備わった適応能力は時を経るにつれて、あらゆる刺激を薄れさせますからな」

次の瞬間、俺達の会話にリゼが困ったような顔をして入り込んできた。

「つまり、そのぉ……マンネリってことっスよね？」

首肯を返す他ない。

強化行為《ブレイ》の刺激が不足しているということは疑いようのない事実である。

そんな現状を前にして、シャロンとソフィアはうっすらと頬を紅《あか》くしながら、

「となると、必然的に……」

「こ、行為のレベルを、高める必要がある、わね」

それが何を意味するのか。この場に居合わせた者達は誰もが理解している。

だからこそ……皆一様に、俺の下腹部へ視線を注いでいるのだろう。

特にエリザなどはまるで獲物を前にした野獣のような目付きとなっていて、

「ゾルダの討伐により、さまざまな事象が前進したわけですが……こちらについてもまた、前へ進むべきときが来たということでしょうな」

艶然《えんぜん》と舌なめずりをしながら、彼女は自らの股を開いてみせる。

明らかな誘いに、俺は気付けば喉を鳴らしていた。

行為を終えた後の汗ばんだ肉体からは、女の色香がムンムンと漂っている。

あの褐色エロボディーを好き放題出来たなら、どれほど気持ちがいいだろう。

そんな衝動に呑《の》まれまいと、俺は深く呼吸をして、

「君の言う通りだ、エリザ。俺達は段階を一つ上げる必要がある」

「であれば――」

「いや。君が想像するような行為にはまだ進むべきじゃない。そこに至るのはもう一つかニつ、過程を踏んでからだ」

こちらの返答に興味をそそられたのか、エリザは沈黙し、目線で続きを促してくる。

ソフィアやシャロン、リゼの三人も発情したように頬を紅潮させつつ、こちらの発言を待っていた。

そんな彼女等《かのじょら》へ、俺は自らの意見を口にする。

「ここらで一つ……発想を逆転させてみよう」

「ほう。発想の逆転、か」

「どういう、こと？」

ソフィアの疑問に対する答えは、当然、我が脳内に存在している。

だが、どうにも……口にするのが、気恥ずかしいというか……。

「ふふ。やはりオズ殿は初心《うぶ》であらせられる」

「……代わりに答えてくれないか？」

お任せあれと、短く肯定を返してから、エリザは次の言葉を紡ぐ。

「これまでは、我々がしてほしいことをオズ殿がしてくださっていた。その関係性を一度、逆転させてみよう、と。オズ殿はそうおっしゃっているのだ。まぁ、要約すれば」

「オズワルド様がしてほしいことを、私達が実行するんですね……！」

シャロンに首肯を返してから、エリザは顎に手を当てて、呟く。

「しかしここで一つ、一考すべき事柄がある」

そして彼女は、ジッとこちらの下腹部を見つめながら、

「……直接的に実行するか。あるいは間接的に実行するか。そこが問題だな」

俺の意見がいかなる内容であるか、彼女は誰よりも理解し、そして。

進むべき道を、提示してくれた。

「個人的な欲望を言えば。オズ殿に、極上の快楽を味わっていただきたいところではある。しかし、その段階へと至る前に……まずは、擬似的な行為に及ぶのが得策ではないかと」

エリザがいわんとすることを、俺やシャロン、リゼなどは十全に把握出来ていた。

しかし一方で、性的な知識をほとんど持たないソフィアは、置いてけぼりを食ったような顔をしつつ、小首を傾《かし》げている。

「え～っと、ですね。ソフィア姉様」

「ウチ等がちゃ～んと、説明してあげるっスよ！」

こそこそと三人で話し込む、と――

「ええっ⁉　そ、そんなこと、するのっ⁉」

「はい。殿方と愛を育む前に行うべき、必要な段階です、姉様」

「い、いや、でも……！　オ、オズの、あれを、そんな……！」

「けど姉様。下準備済ませてからシた方が、気持ちいいっスよ？」

「あ、あんた、経験あんのっ⁉」

「いや。先輩の受け売りっスけど」

姦《かしま》しい会話を尻目に、エリザがこちらへと一歩近付いて。

「いかがなさるのだ、オズ殿。そろそろ、要望をお聞かせ願いたいのだが」

「あ、あぁ。少々、いや、かなり恥ずかしいんだけど……」

これは必要な行いだと思ってはいるが、それでも口にするのは恥ずかしい。

ただ……してほしいこと自体は、とうに決まっていて。

エリザはそんな俺の内心を、見事に読み取ってくれたらしい。

「ふふ。オズ殿。先程からわたしの乳にお熱のようですな？」

「あ、あぁ」

「では……横になってくだされ」

言われた通り、床に寝転がる。と、行為の始まりを察したか、ここでソフィア達は会話を打ち切り、こちらへと意識を集中させた。

「さて。これからわたしは乳房を用いた行為に及ぶわけだが……ふむ、この中ではソフィアとリゼ、二人にも適性がありそうだな」

こちらを見下ろしつつ、エリザが視線で問うてくる。

どっちに挟んでもらいたいのか、と。

「……ソフィア。これからエリザがすることを、見よう見まねで、やってみてくれないか」

「えっ？　あ、うん……」

頬を紅くしながら、エリザの反対側へと座り込むソフィア。

「あ、あのっ！　オズワルド様っ！」

「ウチ等はここで、ご奉仕したいっス！」

二人は同時に、「んぁ～♥」と口を開き……

ねっとりと唾液を絡《から》ませた舌を、いやらしく動かしてみせた。

「じゃ、じゃあ、二人は、それで」

シャロンとリゼがウキウキとした調子で、こちらの足下へと移動する。

そして。

まずエリザが動いた。

「とりあえずは、腕でよろしいかな？」

首肯を返すと、エリザはこちらの右腕を取って。

「では、失礼仕《つかまつ》る」

ぺろりと舌なめずりをしてから、皆が見守る中、エリザは俺の前腕を体の前へと持って行き――褐色のおっぱいで、それを挟み込んだ。

ぐみゅんっ♥

エリザの巨乳がこちらの前腕部を覆い尽くす。

そして次の瞬間。

「積み重ね研鑽《けんさん》の成果、とくと御覧あれ」

口端《くちのは》がいやらしく吊《つ》り上《あ》がった、そのとき。

エリザの奉仕が始まった。

もにゅっ♥　もにゅっ♥　もにゅっ♥

ぐりゅんっ♥　ぐりゅんっ♥　ぐりゅんっ♥

こちらの前腕を挟み込んだ褐色のおっぱいが、上下に躍動する。

これは、なんとも……！

「どうですかな？　エリザの技前は」

「す、すごい……！」

腕越しに伝わる感触が、エリザの技量を証《あか》していた。

特筆すべきは乳圧のコントロール。

両乳を押さえつける力が上下動のリズムに合わせて常に変化しており、それゆえに彼女が与える刺激は慣れというものを生じさせないようになっている。

ぎゅっ♥　ぎゅっ♥　ぎゅっ♥　ぎゅっ♥

ストロークの速度がピークに達する度、力強く締め付け、
ふにゅんっ♥　ふにゅんっ♥　ふにゅんっ♥　ふにゅんっ♥

上下の最終到達点に辿《たど》り着《つ》く頃には、乳の柔軟性が味わえるよう圧力を弱める。

しかしこれは一例に過ぎない。

こちらが刺激に対し慣れを感じ始めると同時に、それを読み取ったかの如《ごと》く、パターンを大きく変えてくる。

対象の心と体を読み、そこに合わせて最適解を繰り出す。

まさしく達人の技前そのものであった。

「ふふっ。いずれこの行為にも、慣れが生じましょう。その暁には」

艶然と微笑《ほほえ》みながら、エリザはこちらの下腹部へ目をやって一言。

「わたしの乳に思う存分、ブチまけてもらうぞ、オズ殿……♥」

もしそのときが来たなら、きっと一分すら保《も》たないだろう。

やはりこういうことに関しては、エリザの右に出るような者は――

「あ、あたし達もっ！」

「忘れてもらっては」

「困るっスよぉ！」

ソフィア、シャロン、リゼ。

彼女等もエリザと同様に、こちらの心を読む力を備えていたらしい。

エリザの胸を使った奉仕に夢中となるこちらへ、どこかヤキモチを妬《や》いたような顔をして近付くと――

「あ、あたしだって！」

「エリザ姉様には及ばないかもしれませんけど」

「大賢者様を満足させられるってこと、証明してやるっス！」

宣言と同時に。

エリザに加わる形で。

三人の奉仕が、開幕する。

「さて、お前がどこまでやれるか。今から楽しみだな、ソフィアよ」

「み、見てなさいっ！　あたしの方が、ずっと気持ち良く出来るんだからっ！」

挑発的な笑みを浮かべるエリザに、対抗意識を燃やすソフィア。

そうして彼女は、俺の左腕を掴《つか》むと、

「んっ……！　こんなふうに、挟ん、で……！」

純白の爆乳がこちらの前腕を挟み込む。

もにゅんっ♥

スライムおっぱいの凄《すさ》まじい柔軟性が前腕部から伝わってくると同時に、ソフィアによる胸を使った奉仕が始まった。

「んっ、しょ……！　んっ、しょ……！」

たぱんっ♥　たぱんっ♥　たぱんっ♥

もちゅっ♥　もちゅっ♥　もちゅっ♥

爆乳を両手で押さえ込み、エリザの見よう見まねといった調子で上下に動かすソフィア。

その所作は拙く、技前だけで評価するならエリザの足下にも及ぶことはない。

だが、ソフィアによる奉仕という付加価値と、エリザとはまた違った乳房の感触とが掛け合わさり、絶妙な快感が芽生えている。

「ど、どう、かな。あたし、上手《うま》くやれてる？」

「あぁ。最高だよ、ソフィア」

「え、えへへ。そっか」

嬉《うれ》しそうに微笑みながら、一生懸命に奉仕を続ける。

そんな姿もまたグッとくるものがあった。

「フッ。負けてはいられないな」

ソフィアに触発されたか、エリザの奉仕に熱が入る。

ずりゅんっ♥　ずりゅんっ♥

むにゅっ♥　むにゅっ♥

たぷんっ♥　たぷんっ♥

こちらの両前腕部を、爆乳で激しくズリズリする二人。

柔軟性に富んだ純白のスライムおっぱいと、弾力性に富んだ褐色おっぱい。

それらを疑似ではなく、本物として楽しむことが出来たなら……と、そのような衝動に駆られ始めた頃。

「「あぁ～……むっ♥」」

下半身にて、温かな感覚が生じた。

「いひまふよ《いきますよ》、おじゅわりゅど《オズワルド》しゃま《様》……♥」

「ふぉし《腰》、ふぁっふふぁふに《ガックガクに》、はへへやるっふ《させてやるっス》……♥」

左右に並ぶ形で座り込み、こちらの足の指を咥《くわ》え込む、シャロンとリゼ。

彼女等《かのじょら》は目を眇《すが》めて互いにアイコンタクトを送り合うと――

まったく同じタイミングで、それをスタートさせた。

頭を激しく振って、指に吸い付くシャロン。

舌をいやらしく円運動させ、指をしゃぶり尽くすリゼ。

そうしながら「じぃ～っ♥」と上目遣いでこちらを見つめてくる様は、あまりにもドスケベで。

この二人によるダブル奉仕を、指ではなくアレで受けてみたいと、心の底から思ってしまう。

「っ……！」

決して反応すまいと心に誓っていたのだが、しかし、この凄絶なまでの淫靡《いんび》さにはどうしても抗《あらが》えず……俺の見苦しいモノが、余計に見苦しい状態に変わっていく。

なんとも恥ずかしい。

が、こちらの生理的反応は強化行為《プレイ》に良《い》い影響を及ぼしたようで。

「臨戦態勢になったオズ殿……♥　なんとたくましい……♥」

「い、いつか、アレで……♥」

「ひゅ、ひゅごい……♥」

「でっっ、かぁ……♥」

次の瞬間、皆の奉仕に込められていた感覚が、変化し始める。

これまではあくまでも疑似という要素が抜けきれなかったのだろう。

そんな感覚が、彼女達の興奮度を抑え込んでいたのだ。

しかし今。

状態変化した本物を目にしたことで、皆のイメージ力が底上げされ——

「オズ殿が、ビクビクと脈打って……♥」

「気持ちいいの、伝わってくる……♥」

今や彼女達にとっての前腕と指は、本物のそれとして扱われている。

ゆえにその発情具合はこれまでの比ではなく。

それに比例して、興奮の度合いもまた天井知らずに高まっていった。

そんな彼女達の心理を証するように、皆の刻印が凄まじい煌《きら》めきを放つ。

「おぉ……！　パラメーターが、とんでもない勢いで、上がっていく……！」

数値の激しい上昇ぶりに合わせるような形で、彼女等の奉仕もまた熱量を高めていき、
そして。

おそらくは彼女達の中で、想像上のアレが限界を迎えたのだろう。

「んんっ……♥」

「ふぁっ……♥」

「んぶぅっ……♥」

「むぐっ……♥」

イマジナリー・バースト。

空想上のそれが盛大に発射すると同時に、彼女達の刻印が一際《ひときわ》強い煌めきを放った。

自分の奉仕で俺（妄想）を満足させられたことに対し、激しい喜びと達成感、そして快楽を得たのだろう。

彼女等は「びくんっ、びくんっ」と全身を痙攣《けいれん》させ、

「「「――――――っ♥」」」

皆の名誉のため詳細は伏せるが……

全員一斉に、シーツの上へ盛大にブチまけた。

「「「んへぇ……♥」」」

天に昇ったかのような喘《あえ》ぎ声を発し、だらしなく舌を突き出しながら倒れ込む、四者。

その頃には刻印の発光も収まり、パラメーターの上昇も停止した。

「皆、本当に――」

お疲れ様、と、意識を失った四人に微笑する、直前。

ズキリと頭が痛み、そして。

視界に映る光景が激変する。


『うそ、でしょ……⁉』

俺は、何も持たない。

俺は、何も得られない。

だから。

『逃げて、オズッ……！』

『貴殿が生き延びたなら、あるいは……！』

この手に収まることのない、宝物。

『ふざ、けるなッ……！　なんなんだ、お前はぁッ！』

欲しいもん、全部持ってるクソ野郎。

どいつもこいつも。

『ブッチ殺してやんぜぇえええええええええええええええッ！　ヒィアハハハハハハハハ

ハハハハハハハハハハハハハハハハハハハハハッ！』

——視界に映るそれが、元に戻る。

瞬間、俺は激しい当惑を覚えた。

「なん、だ。今のは」

皆が居た。

俺も、居た。

そして……皆が■■■■■■。

「俺、は。もしか、して」

何か思い違いを■■■■■■。

……いや。

……あれ？

…………

……………………………………………………なんだっけ？

…………………………………………………………………………………………………

何か、思い出したような。

いや。

「気のせい、か?」

まるで頭にモヤが懸かったような感覚。

気にはなるが、しかし、俺はあえてそのことを忘れるようにした。

このまま進んだなら後悔する。そんな警鐘めいた予感が、胸中を埋め尽くしたからだ。

「……後始末、するか」

皆が汚したそれらを綺麗《きれい》に清めていく。

それが完了した頃。

「んっ、んん……」

いちはやく、ソフィアが目を覚ました。

「えっと……そのぉ……」

自分の乱れようが今になって恥ずかしくなったのか、縮こまってもじもじと太股《ふともも》を擂《す》り合《あ》わせるソフィア。

そんな様子が可愛《かわい》くて、俺は彼女を半ば衝動的に抱き締めていた。

「んっ……♥」

まだ絶頂時の快感が抜け切れていないのか、ソフィアの体がこちらの腕の中で「びくっ」と小さく震えた。

「あたし……自分で思ってる以上に……えっちかも、しんない」

「悪いことじゃないよ。むしろその方が魅力的だ」

彼女の頭を撫《な》でながら微笑《ほほえ》む。

と――

「わ、私にも、してくれません、か？」

「アタシもアタシもっ！」

シャロンとリゼが起き上がり、こちらに近付いてくる。

そんな二人の頭をソフィアと同様に撫でてやると、

「んっ……気持ちいい、です……」

「ヤった後のなでなで……最高っスねぇ……」

あどけない美貌に愛らしい微笑を宿す二人。

そんな姿は先刻の淫靡さと同等か、それ以上の魅力を放っていた。

「ふぅ。今回の強化行為《プレイ》は、様々な意味において成功と言えましょうな」

エリザが息を整えつつ、ボソリと呟《つぶや》く。

「……明日の実験も成功すると良いのだが」

少しばかりの不安を覗《のぞ》かせる。そんな彼女の肩を叩《たた》きながら、ソフィアは笑った。

「大丈夫よ。きっと明日は、あたし達にとって本当に大きな一歩になるわ」

「……うむ。そうだな」

頷《うなず》くエリザに俺達も首肯を返した。

きっと今、この場に居る者全員が、同じ光景を思い浮かべているだろう。

ついに明日――

人類の復興。そこへ向かうための第一歩が、刻まれるのだ。

◇◆◇

《邪神》・ゾルダ＝ゴー＝グラフトが消滅したことによって、奴《やつ》の占領地域全てが我々の手へと戻ってきた。

しかし土地を奪い返しただけでは、まるで不十分。

我々の目的は戦争に勝利し、全てを取り戻すこと。

即《すなわ》ち、人間社会の復興である。

そのための一歩を、踏み出すべく。

今、俺達は拠点の中央広場へと集っていた。

「これで全部か？」

「ええ。周辺地域にて回収出来たのは、これだけでした」

「ひとまずは、この人達から……ね」

陽光を浴びながら、俺はソフィアとエリザを含む、大勢の《戦乙女《ヴァルキリー》》達と共に、眼前の光景を眺め続けた。

広々とした空間の只中《ただなか》にて。

機能を停止した大量の《眷属《けんぞく》》達が、所狭しと置かれている。

「いよいよ、か」

緊張を覚えながらの呟き声。それを吐いてからすぐ。

「大賢者様。装置の起動準備が完了いたしました」

そこへ顔を向けると、円筒状の大型魔導装置が目に映った。

俺は一つ頷いてから、装置周辺に立つ《戦乙女《ヴァルキリー》》達へ指示を送る。

「構造自体はさして複雑なものじゃない。全員で魔力を注ぎ込むだけで、問題なく起動するはずだ」

こちらの言葉通り、皆一様に掌《てのひら》を装置へと向けて、魔力を注ぎ始める。

起動までの間、俺は緊張を覚えた。

失敗したらどうしよう。

そんな気持ちが胸中を満たし、胃痛を与えてくる。

「落ち着いて、オズ。絶対に上手《うま》くいくから」

微笑と共に、こちらの手をそっと握るソフィア。

彼女のおかげで幾分か胃痛が和らいだ——そのとき。

円筒状の魔導装置から、金色の波動が放射される。

それは広場全域へと拡散していき、そして。

「っ……！」

目前の光景を目にした瞬間。

俺達は瞠目《どうもく》し、それから。

「せ、成功したっ……！」

「《眷属》だった人達が、皆……！」

「元に、戻ったぁ！」

全身を金属で構成されていた怪物の群れ。

それら全てが例外なく、人の姿へと変じていく。

「やった！　さすが大賢者様！」

「この装置さえあれば……！」

「人類復興という夢が、現実的な目標となりましたね……！」

沸き立つ《戦乙女《ヴァルキリー》》達。

その瞳には総じて涙が浮かび、誰もが目前の希望に打ち震えていた。

俺もまた素直に感激の言葉を吐き出したかったのだが……

しかし、元に戻った人々の様相を確認したことで、そのような情が引っ込んでしまった。

「俺が思っている以上に……ゾルダという《邪神》は悪辣だったようだな……」

眉間に皺《しわ》を寄せながら呟く。

その原因は、当惑した様子で周囲を見回す人々の、性別。

「男性が一人も確認出来ませんな」

「あぁ。見事に女性しか居ない」

「これって……偶然じゃない、わよね」

ソフィアの言葉に頷きながら、俺は深々と嘆息する。

「ゾルダはおそらく、こうなることを予見してたんだろうな」

「だから、事前に手を打っておいたってわけね……」

元・男性の《眷属》を間引き、元・女性のそれだけを残す。

そうしたなら、彼女達が元通りになったとしても。

「男性不在という大問題には何も変わりがない。人類復興計画は未《いま》だ、暗礁に乗り上げたまま、か」

少しばかり暗いムードが漂う。

そんな俺の肩を軽く叩きながら。エリザが明るい調子で言葉を紡《つむ》いだ。

「問題は尽きぬが……しかし、今は頭を空にして喜びましょうぞ。本質がどうであれ、我々が大きな一歩を踏み出したことには変わりないのだから」

「……あぁ、君の言う通りだな、エリザ。もし男性が一人残らず間引かれていたとしても、打つ手がないわけではないし、な」

「ふむ。全員にオズ殿が種付けをなされば、それで万事解決である、と？」

「いや。さすがに、それをそのまま実行するつもりはないよ」

そんな未来が訪れないことを祈りつつ、俺は次の仕事を執り行おうとする……が、その前に、ソフィアとエリザ、二人に問う。

「俺でいいか？」

こちらの言わんとすることを理解したのか、二人は首肯し、

「うん。あたし達の指導者は」

「オズ殿。貴殿を措《お》いて他におらぬ」

二人の信頼に謝意を返した後。
俺は人々へ向かって口を開いた。
「皆！　よく聞いてくれ！　俺達は――」
昼下がりの中央広場にて、声を張り上げる。
そうしながら俺は、心の中で息を唸《うな》らせた。
問題は山積み。
それらが解決出来るかどうかもわからない。
だが、たとえその道のりがどれほど困難なものであろうとも。
俺は。
俺達は。
決して諦めることなく、未来へと向かう。
その果てに、希望が待ち受けていることを願いながら――

◇◆◇

人へと戻った《眷属》達。
彼女等《かのじょら》への状況説明を終えた後、大賢者はそのまま演説へと移った。

指導者たる己をアピールし、当惑しきった者達の心を纏《まと》めるために。

そんな姿を、彼女は民衆に混ざる形で目にしながら。

「ここまでは万事順調といったところかな」

呟いてからすぐ、ツカツカと前方へ。

「完全体に至ったわけではないけれど……現段階においては十分な覚醒状態といえる」

群衆と大賢者の合間にて、歩を刻みながら呟き続ける。

そんな彼女のことを、誰も認識してはいなかった。

「………………」

地面に届くほど長い白髪と豊満なバストを揺らしながら、演説を続ける大賢者へと近付いていく。

「……さすがに疲労が隠せないね、オズワルド」

すぐ間近。

唇が触れ合うほどの至近距離にまで迫ってなお、彼を含む全ての人間が、その存在をまったく認識出来ていなかった。

完全なる透明色《とうめいしょく》の存在。

そんな自らの境遇に対し何も思うことなく。

彼の中で、白いモヤに覆われたままの彼女は。

大賢者の様子を目にしながら、言った。

「比較的、良好な状況ではあるけれど。いかなる奇跡も自覚がなければ意味がない」

彼の目をじぃ～っと見つめながら、彼女は言葉を続けていく。

「ここからが真の正念場だぜ、オズワルド。君は早急に全てを思い出さなければならない。そして真実を受け入れ、前に進まなくてはならない。……へし折れてる場合じゃあないんだよ、僕のためにも、ね」

ふぅと吐息を漏らして、彼女は頭を上げた。

「たぶん、今回がラストチャンスだよ、オズワルド。これをモノに出来ないのなら――」

憎らしいほどの快晴。

雲一つない蒼穹《そうきゅう》の天蓋を睨《にら》むように見つめながら、彼女はポツリと呟《つぶや》く。

自らの声が届くことなどないと、知りながらも。

「――君は何もかもを、失ってしまうよ？」

あとがき

「作家という生物は誰しも、生涯に一度はエロに挑戦したくなるものだ」

当時の自分は、そんな言葉に対して否定的な姿勢を取っていました。

たとえ全ての作家がそうであっても、きっと私はエロに挑戦するようなことはすまい。

そのときは確かに、そう断定していたわけですが……

君子は豹変《ひょうへん》するという言葉があるように、年月を経て、私の心境にも変化が表れました。

「なんか……エロ、やってみようかな……」

そんなこんなで執筆をスタートしたものの、これがまぁ難しい。

しかしながら諦めの悪さが私の取り柄。

性とは何か。欲とは何か。なぜ人はそれを目にして興奮を覚えるのか。

参考文献を四六時中読みあさり、己の中に確固たるヴィジョンを形成したことで、ようやっと作品を形にすることが出来た――

と、そんな感慨に耽《ふけ》りつつ、原稿を読み返したところ。

口が勝手に開き、次の言葉を呟《つぶや》いていました。

「これ、ラノベなのだろうか」

次の瞬間、私の脳裏に浮かんだのは、あまりにも有名な格言。

即《すなわ》ち――

過ぎたるは及ばざるが如《ごと》し。


――最後に謝辞を。

拙作『史上最強《しじょうさいきょう》の大魔王《だいまおう》、村人《むらびと》Aに転生《てんせい》する』に続いて、本作においても美麗なイラストを提供してくださった水野早桜《みずのさお》様。

今回は過去にないレベルで多大なご迷惑をおかけしてしまった担当様。

そしてこの作品を手に取ってくださった読者の皆様に、極限以上の感謝を。

それでは再見出来ることを祈って、筆を擱《お》かせていただきます。

下等妙人《かとうみょうじん》

富士見ファンタジア文庫

戦乙女《ヴァルキリー》たちと築《きず》く
元《もと》・底辺村人《ていへんむらびと》の最強《さいきょう》ハーレム
～数万人《すうまんにん》の女《おんな》に対《たい》し、男《おとこ》は俺一人《おれひとり》～

令和6年9月20日　初版発行

著者――下等妙人《かとうみょうじん》

発行者――山下直久
発　行――株式会社KADOKAWA
〒102-8177
東京都千代田区富士見2-13-3
0570-002-301（ナビダイヤル）
印刷所――株式会社暁印刷
製本所――本間製本株式会社

ISBN978-4-04-075499-4 C0193 ◇◇◇